感悟一生的故事

爱心 故事

曹金洪　编著

北方妇女儿童出版社

·长春·

图书在版编目（CIP）数据

爱心故事 / 曹金洪编著 . -- 长春：北方妇女儿童出版社, 2010.6（2024.3重印）

（感悟一生的故事）

ISBN 978-7-5385-4657-6

Ⅰ.①爱⋯ Ⅱ.①曹⋯ Ⅲ.①故事－作品集－世界 Ⅳ.①I14

中国版本图书馆CIP数据核字(2010)第083505号

爱心故事
AIXIN GUSHI

出 版 人	师晓晖
策 划 人	陶　然
责任编辑	于　潇　刘聪聪
开　　本	710mm×1000mm　1/16
印　　张	11.5
字　　数	200千字
版　　次	2010年6月第1版
印　　次	2024年3月第6次印刷
印　　刷	旭辉印务（天津）有限公司
出　　版	北方妇女儿童出版社
发　　行	北方妇女儿童出版社
地　　址	长春市福祉大路5788号
电　　话	总编办：0431-81629600
定　　价	49.80元

前言

　　是浮华的风带不走燥热的怅然，是盲动的雷也震不醒驿动的灵魂。这世间的一切，太多的幻想，太多的浮华，太多的……只有呼吸着的每一天，才感受到她的价值，她的真实。此刻，生命对于我们来说，只有一次，可以把握，可以珍惜。

　　于万千红尘中，我们不停地奔波着，劳碌着，快乐着也痛苦着，其目的就是为着生活，为着活着的质量。是血浓于水的亲情带着我们赤裸裸地来到这个尘世，当我们响亮的第一次啼哭，带给父母这一辈子最动听的音乐的同时，我们便与亲情紧密相连，永不可分了。也许前行的路荆棘丛生，也许前行的路坑坑洼洼，也许前行的路一马平川，但我们只要带着亲人们真切的惦念，带着亲人们殷殷的祈盼，就不会迷失前进的方向，就不会沉沦于泥潭沼泽里而不能自拔。

　　历经人生沧桑时，或许有种失落感，或许感到形单影只，这时，总会有一种朋友，无须形影相随，无须感天动地，无须多言，便心灵交汇，又能获得心灵的慰藉；在饱受风霜时，总会有一种朋友，无须大肆渲染，无须礼尚往来，无须唯美的表达方式，就能深深地感受到一种力量与信心，就能驱动前行的脚步。朋友无须多而在于精，友情也不必锦上添花，而在于雪中送炭。

　　童话故事里，我们经常看到王子吻醒了沉睡的公主，或是公主吻到中了魔法的青蛙，便可以幸福地结合在一起，永不分开。在这世上，也许有一份真爱可以彼此刻骨铭心到地老天荒，也许有一种真情彼此生死相依到海枯石烂。而这份真情、这份真爱却因世事的沧桑而深入到人们的骨子里，成为人们心中永恒的痛。

　　爱，有时，真的就是一种感觉，一种魂牵梦萦的感觉；有时，真的就是一种意境，一种心手相携的意境；有时，又会是一种情怀，一种两情相悦的情怀……

也许，真的如他人所说吧，亲情、友情、爱情，抑或其他值得珍惜的情谊，只是一种修为。所有的绝美，也许应该有一个绝美的演绎过程。我们所能做的，就只有把这种"永存"记录下来，让更多人从中获得感悟，获得启迪。

岁月如歌，有一些智慧启发我们的思想；有一些感悟陪伴我们的成长；有一些亲情温暖我们的心房；有一些哲理让我们终生受益；有一些经历让我们心怀感恩……还有一些故事更让我们信心百倍，前进不止。一个个经典的小故事，是灵魂的重铸，是生命的解构，是情感的宣泄，是生机的鸟瞰，是探索的畅想。

这套丛书经过精心筛选，分别从不同角度，用故事记录了人生历程中的绝美演绎。

本套丛书共20本，包括成长故事、励志故事、哲理故事、推理故事、感恩故事、心态故事、青春故事、智慧故事、人格故事、爱情故事、寓言故事、爱心故事、美德故事、真情故事、感恩老师、感悟友情、感悟母爱、感悟父爱、感悟生活、感悟生命，每册书选编了最有价值的文章。读之，如一缕春风，沁人心脾。这些可贵的精神食粮，或许能指引着我们感悟"真""善""美"的真正内涵，守住内心的一份恬静。

通过这套丛书，我们不求每个人都幸福，但求每个人都明白自己在生活。在明白生命的价值后，才能够在经历无数挫折后依然能坦然地生活！

目录
Contents

真正的友情

难以名状的味道

天使的微笑

美德才是至宝

🌸 最美的是心灵

送给妈妈的礼物

人生的意义到底是什么？怎样活着才算有意义？这是每个人都要考虑的问题。如果生活中能够多帮助别人，每个人就都可以拥有幸福的生活，欢笑也将伴随你的左右。

给妈妈打电话

语 梅

　　不知道是因为她反反复复地在报亭前转悠和那流露出的忐忑不安的神情，还是她身上的红裙子特别鲜艳，反正这小姑娘引起了老张的注意，他抬头看了看这个十五六岁的女孩子并叫住了她："喂！小姑娘，你要买杂志吗？"

　　"不，叔叔，我……我想打电话……"

　　"哦，那你打吧！"

　　"谢谢叔叔，长途电话也可以打吗？"

　　"可以！国际长途都可以打。"

　　小女孩儿小心翼翼地拿起话筒，认真地拨着号码，善良的老张怕打扰女孩儿，索性装作看杂志的样子，把身子转向一侧。小女孩儿从慌乱中慢慢地放松下来，她已经开始说话了："妈……妈妈！我是小莉，您好吗？妈，我随叔叔来到了上海，上个月叔叔给我发工资了，他给了我50块钱，我已经把钱放在了枕头下面，等我凑足了500块，就寄回去给弟弟交学费；以后挣了更多的钱，再给爸爸买化肥。"小女孩想了一下，又说："妈，我告诉您，我在叔叔的工厂里每天都可以吃上肉呢，我都吃胖了，妈妈您放心吧，我能照顾自己的。哦，对了，妈妈，前天，这里的一位阿姨给了我一条红裙子，现在我就是穿着这条裙子给您打电话呢。妈妈，叔叔的工厂里还有电视看，我最喜欢看学校里小朋友读书的片子……"突然，小女孩儿的语调变了，不停地用手揩着眼泪，"妈，您的胃还经常疼吗？您那里花开了吗？我好想家，想弟弟，想爸爸，也想您，妈，我真的真的好想您，做梦都经常梦到您呀！妈妈……"

女孩子再也说不下去了，老张爱怜地抬起头看着她，女孩子慌忙放下话筒，慌乱中，话筒放了好几次才放回到话机上。

"姑娘啊，想家了吧？别哭了，有机会就回家去看看爸爸妈妈。"

"嗯，叔叔，电话费多少钱呀？"

"没有多少，你可以跟妈妈多说一会儿，一分钟才3毛钱。"

老张习惯性地往柜台上的话机望去，电子显示屏上竟然没有收费显示，女孩儿的电话根本没有打通！

"哎呀，姑娘，你得重新打，刚才，你的电话没有接通……"

"嗯，我知道，叔叔！"

"其实……其实我们家乡根本没有通电话。"

老张疑惑地问道："那你刚才不是和你妈妈说话了吗？"

小女孩儿终于哭出了声音："其实我没有妈妈了，我妈妈去世已经两年多了……每次我看见别人给家里打电话就很羡慕他们，我就是想和他们一样，也给妈妈打打电话，跟妈妈说说话……"

心灵 寄语

思念是包括对家的、对亲人的、对爱人的、对朋友的、对故土的、对祖国的一种情感。当你漂泊在外时，当你晚上躺在床上难以入睡时，当你获得很高的荣誉时，都会不自觉地产生思念的感觉，那种思念是那么强烈，引领我们回到那个充满回忆的地方。

送给妈妈的礼物

秋 旋

　　新年临近，邮局工作人员黛妮西尼·罗茜在阅读所有寄给圣诞老人的1000封信件时，发现只有一个名叫约翰·万古的10岁儿童在信中没有向圣诞老人要他自己礼物的要求。

　　信中写道："亲爱的圣诞老人，我想要的唯一一件礼物就是给我妈妈一辆电动轮椅。她不能走路，两手也没有力气，不能再使用那辆两年前慈善机构赠予的手摇车了。我是多么希望她能到室外看我做游戏呀！你能满足我的愿望吗？爱你的约翰·万古。"

　　罗茜读完信，禁不住落下泪来。她立即决定为居住在巴宁市的万古和他的39岁的母亲维多利亚尽些力。于是，她拿起了电话。接着奇迹般的故事就发生了：

　　她首先打电话给加州雷得伦斯市一家名为"行动自如"的轮椅供应商店。然后商店的总经理袭迪·米伦达又与位于纽约州布法罗市的轮椅制造厂——福却拉斯公司取得了联系。这家公司当即决定赠送一辆电动轮椅给那位母亲并且在星期五运送到，还要在车身上放一个红蝴蝶结作为圣诞礼物。显然，他们是圣诞老人的支持者。

星期五，这辆价值3000美元的轮椅被送到了万古和他妈妈居住的一座小公寓门前。在场的有十多位记者和许多前来祝福的人们。

万古的妈妈哭了。她说道："这是我度过的最美好的圣诞节。今后，我再不用终日困居在家中了。"她和儿子都是在1981年的一次车祸中致残的。由于她的脊椎骨骨节破裂，所以她依靠别人的搀扶坐上了这辆灰白色的新轮椅，在附近的停车场上试车。

赠送轮椅的福却拉斯公司的代表奈克·得斯说："这是一个一心想着妈妈而不是自己的孩子。我们觉得，应该为他做些事。有时，金钱并不意味着一切。"

邮局工作人员同时也赠送给他们一些食品以及显微镜、喷气飞机模型、电子游戏机等礼物。而万古把其中一些食品装在匣内，包起来送给了楼下的邻居。

对此，万古解释说："把东西赠给那些需要的人们，会使我们感到快乐。妈妈说，应该时时如此，也许天使就是这样来考验人们的。"

心灵 寄语

人生的意义到底是什么？怎样活着才算有意义？这是每个人都要考虑的问题。如果生活中能够多帮助别人，每个人就都可以拥有幸福的生活，欢笑也将伴随你的左右。

感觉到被爱

诗 槐

　　下班后，当约翰回到家走进客厅，12岁的儿子抬头望着他说"我爱你"的时候，他竟无言以对。足足有几分钟，约翰站在那里，打量着儿子，等着他说下去。当时约翰首先想到的是：儿子肯定想要我帮他做作业了；或者是求我给他点儿零花钱；再不然，就是他做了什么恶事，却装着很善良的样子来告诉我。

　　终于，约翰问道："你想干什么？"

　　儿子笑着跑了出去。约翰叫住他："喂，到底是怎么啦？"

　　"没什么。"儿子嬉皮笑脸地说，"我们生理老师让我们对父母亲说'我爱你们'，看父母怎样回答我们。这是个实验。"

　　第二天，约翰跟儿子的老师通了电话，想知道这"实验"究竟是怎么回事。说实话，他更想知道其他孩子的家长是什么反应。

　　"大多数父亲都跟你的反应一样。"儿子的老师说，"当我第一次提出这个建议的时候，我问孩子们，父母会怎样回答呢？他们都笑了起来。还有两个学生说，他们肯定会吓成心脏病。"

　　也许，有些家长会反对老师的这种做法。他们认为一个初中的生理老师最好还是去告诉孩子们注意饮食的平衡，以及正确使用牙刷等，"我爱你"跟生理老师有什么关系？这是父母和孩子们之间的私事，别人管不着。

"问题在于，"老师解释说，"感觉到被爱是身体健康的一个重要方面，这是人类的需要，我一直在告诫孩子们，不把这种感情表达出来是很不好的，不仅仅是大人对孩子、男孩儿对女孩儿，而且，一个男孩子也应该能对他父亲说句'我爱你'。"

这位中年男教师很能够理解现代人的心态，有些话明知道很好，但又很难说出口。我们中有许多人都是这样，疼爱我们的父母把我们抚养成人，从没有用嘴说过"爱"字，而我们正是照着父辈们的样子来对待我们的孩子。

那天晚上，当儿子用那种一天比一天敷衍的口吻向约翰道晚安时，他抓住了儿子，回敬了他两个吻。没等儿子逃掉，约翰用男子低沉的口气对他说："喂，我也爱你。"

约翰确实感到心里很舒服。

心灵寄语

爱往往深深地埋藏在每个人的心底，把爱大胆地表达出来，说给你爱的人，无论他是家人、朋友，还是其他任何人。当你说出来的一瞬间，不仅听的人会感到十分舒服，你的心灵也将更加舒畅。

懂事的孩子

千 萍

那天早晨，和往常一样，斯耐尔和他的姐姐为了该轮到谁洗碗了这一问题，吵了一架。他们讨厌洗碗，因为这活儿太没意思了。但是这样的争吵并不影响他们之间以及家人之间的深厚感情。他们的家人当中还有爷爷和奶奶。

放学后回到家，斯耐尔他们正准备吃晚饭，这时，外面传来了敲门声。原来是和父亲一起在矿上做工的哈里先生。脸色刷白，双手在发抖的他问斯耐尔："你母亲在家吗？"

"什么事情？"已经站在门口的妈妈把斯耐尔推到一边，问道。

"出事了，比尔太太。"哈里先生轻声说道。

"是威尔逊吗？"妈妈用近乎耳语的声音问。

哈里先生点点头，接着说："还算走运，我们拦住了一辆快车，把他送到圣路易一个设备良好的医院里去了。他的胳膊被皮带缠住了，医生正在对他进行全力抢救。"

母亲已经解下了围裙，用手整了整头发，对围在门口的孩子们说："现在，我要出去几天，你们要和平常一样，乖乖地上学，帮助爷爷奶奶做些家务活。一切都不会有问题的。"

但是一切都有问题了。几天后，爷爷去了趟圣路易，回来后告诉斯耐尔他们，父亲的一只胳膊恐怕保不住了。实际上，父亲的一只胳膊已经被截掉了，只不过爷爷认为，像这样的坏消息，不要一下子，而要一点儿一点儿地告诉孩子们。

母亲回来后，斯耐尔他们知道了事情的真相，但是这个真相太残酷了，使他们小小的脑袋瓜接受不了。

母亲告诫他们："当爸爸回来时，你们不要在他面前哭，也不要表现出好像发生了什么大事的样子。日子要像平常一样过下去。你们知道，生活就是这样的，这才是爸爸的愿望。"

像平常一样过日子！是不是母亲受的刺激太大了，她说这些话都有些语无伦次了。

爸爸是在夜里被人送回家的。斯耐尔他们什么都听见了，但是假装睡觉。因为妈妈说过："爸爸一路上回来会很累的，你们最好在早上见他。"

斯耐尔觉得这一夜真长。"明天，我们将做什么？说什么？父亲将会是什么样子？……"他一直在想。

第二天早晨，父亲坐在厨房壁炉旁的椅子里。他看上去白了，也瘦了。炉火照着他那长长的瘪瘪的袖子。斯耐尔的嗓子眼儿被噎住了。

当斯耐尔站在爸爸身边，好像问候一个陌生人的时候，奶奶去食品贮藏室干什么去了。母亲背对着他们，把已摆好的面包又摆弄了一遍。爷爷则提着桶去井边打水。

一切都不对头！奶奶从贮藏室里出来，是踮着脚尖走路的。爷爷从井边回来，连常说的关于早晨空气好的话都没说。在饭桌上，妈妈把苹果黄油酱递给斯耐尔时说："这是齐默太太送的。"但是她的声音太高了。

斯耐尔和姐姐勉强吃了夹心饼干。往常他很浪费，喜欢把夹心挖出来，只吃外面的那层皮，但这次他把夹心也吃了，没有浪费。斯耐尔觉得自己做得很对。唉！什么东西又堵在嗓子眼里了。日子要像平常一样过下去！可怎么过得下去？！

最后，姐姐把椅子往后一推，对斯耐尔说："今天该轮到你洗碗了。"斯耐尔明明记得，不该轮到自己，昨天晚饭后是自己洗的碗，还打碎了一只奶奶喜爱的盘子，但他憋着气什么也没有说。哼！在刚刚回到家、只有一只胳膊的爸爸面前，第一件事就是吵架，那自己不就是那个、那个什么词儿来着？噢，是"不知好歹""没有良心"的人吗？！

"就是该轮到你啦！"姐姐说，好像斯耐尔已经说了不肯洗似的，她用的是平常吵架的那种语调。斯耐尔吃惊地望着她，她是不是，那个叫什么词儿来着？噢，她是不是"麻木不仁"？！

"不该轮到我！"斯耐尔像平常一样火了。

"就该是你！"

"孩子们！孩子们！"母亲用安详、自然、带点欣慰的口气阻止了斯耐尔他们。

两个孩子走到母亲的身旁，眼睛扫过父亲的脸。他在微笑，那是一切都好、心满意足、总算到了家的微笑。

心灵 寄语

当一个遭受打击的人回到家的时候，他需要的不是别人的怜悯，不是异样的眼光，他所需要的仅仅是能够用像平常一样的生活去忘记那些不幸。

陌生的爱

雨 蝶

一个失去双亲的小女孩儿与奶奶相依为命，住在楼上的一间卧室里。一天夜里，房子起火了，奶奶在抢救孙女时被火烧死了。大火迅速蔓延，一楼已是一片火海。

邻居已呼叫过火警，但他们无可奈何地站在外面观望，火焰封住了所有的进出口。小女孩儿出现在楼上的一扇窗口，哭着喊救命，这时人群中传布着这样的消息：消防队员正在扑救另一场火灾，要晚几分钟才能赶来。

突然，一个男人扛着梯子出现了，他把梯子架到墙上，人马上就钻进了火海之中。等他再次出现时，手里抱着那个小女孩儿，在把孩子交给了下面迎接的人群后，男人消失在了夜色之中。

调查发现，这孩子在世上已经没有亲人了，几周后，镇政府召开群众会，商议谁来收养这孩子。

一位教师愿意收养这孩子，她说保证让孩子受到良好的教育。

一个农夫也想收养这孩子，他说孩子在农场会生活得更加健康惬意。

其他人也纷纷发言，述说把孩子交给他们抚养的种种好处。

最后，本镇最富有的居民站起来说话了："你们提到的所有好处，我都能给她，并且能给她金钱和金钱能够买到的一切东西。"从始至终，小女孩儿一直沉默不语，眼睛望着地板。

"还有人要发言吗？"会议主持人问道。

一个男人从大厅的后面走上前来，他步履缓慢，似乎在忍受着痛苦。他径直来到小女孩儿的面前，朝她张开了双臂。人群一片哗然，他的手上和胳膊上布满了可怕的伤疤。

孩子叫出声来："这就是救我的那个人！"她一下子蹦起来，双手拼命地抱住了男人的脖子，就像她遭难的那天夜里一样。她把脸埋进他的怀里，抽泣了一会儿，然后，抬起头，朝他笑了。

"现在休会。"会议主持人宣布道。

心灵寄语

快乐是索取不来的，不是得到物质的东西就可以拥有快乐。一个伤痛的人需要的不是各种物质的给予，而仅仅是一个可以提供心灵避风的港湾。

一架红木钢琴

忆 莲

　　很多年以前，当我还是个二十多岁的小伙子时，我在路易斯街的一家钢琴公司当销售员，我们通过在全州各小城镇的报上登广告的方式来销售钢琴。当我们收到足够的回函时，就驾着装满钢琴的小货车到顾客指定的地方去销售。

　　每一次我们在棉花镇刊登广告时，都会收到一张写着"请为我的孙女送来一架新的钢琴，必须是红木的。我会用我卖鸡蛋的钱按月付给你们10块钱"的明信片。可是，我们不可能把钢琴卖给每个月只能付10块钱的人，也没有一家银行愿意和收入这么少的人家接触，所以，我们并没有把她寄的明信片当一回事。

　　直到有一天，我恰巧到了那个寄明信片的老妇人家附近，我决定到她们家去看看。这一去，我发现很多始料未及的事：她住的那间岌岌可危的小木屋位于一片棉花田的中央；木屋的地板很脏，鸡舍也在屋里面，看起来她显然不会有申请信用卡的可能性，她既没有车、电话，也没有工作；她所拥有的只是她头顶上稍嫌破烂的屋顶；然而在白天，我可以穿过它看到很多地方；她的孙女大约10岁，打赤脚，穿着麻布做的洋装。

　　我向老妇人解释我们无法以她每个月偿还10块钱的方式卖给她一架全新的钢琴，但是这解释似乎没什么用处，她继续每隔6周就寄明信片给我们，一样是求购

一架新的红木钢琴，并且她发誓每个月一定会付10块钱给我们。这一切真是诡异。

几年后，我自己开了一家钢琴公司，当我在棉花镇刊登广告时，我又收到那个老妇人寄来的明信片，一连好几个月，我都没有去理会它，因为除此之外，我别无他法。

有一天，我恰巧前往那个老妇人住的地区，我的小货车上刚好有一架红木的钢琴。尽管我知道自己做了一个很不好的决定，但我还是亲临了她的小屋，并且告诉她我愿意和她订下契约，她可以以每个月付10块钱、免利息、分52次偿还的方式购得她想要的钢琴。我把新钢琴搬到她们住的房子里，并把它放在最不会遭雨淋的地方，在我的告诫下，小女孩儿把屋里养的鸡赶远了一点儿，然后我就离开了。当然，我的心情就像刚刚丢了一架新钢琴一般。

老妇人允诺每个月要付的钱都按时寄来，虽然有时候是把3个铜板贴在明信片上付款，但是一如当初所约定的52次，一次也不少。

20年后的某一天，我到曼非斯洽谈生意，在假日饭店用完晚餐后，我决定到饭店中的高级酒吧坐坐。当我坐在吧台上点了一杯餐后酒时，我听到身后传来一阵优美的钢琴声，我转头看到一位可爱的年轻女子正在弹一首非常优美的钢琴曲。

虽然我也算是一位不错的钢琴手，可是我被她的钢琴声吸引住了，我拿起酒杯走到她旁边的桌子边坐下仔细聆听，她对着我笑，问我想听什么。中场休息时，她过来和我坐在一起。

"你是不是很久以前把钢琴卖给我祖母的那个人？"她问我。

我的老天哪！她就是那个当年打着赤脚、穿着破烂麻布衣的小女孩儿！

心灵寄语

当你身边有需要帮助的人时，应该尽力去帮助他们，或许你那小小的帮助可以影响他们的一生。本文作者无心卖给小女孩一架钢琴，却成就了小女孩儿成年后的辉煌。

爱的奇迹

雁 丹

　　我的母亲非常喜欢喝草莓麦芽酒。晚年，她得了老年痴呆症，住进了老年看护中心。当我每次去看望她时，都会带上令她感到惊喜的这种"饮料"，她也总是觉得十分兴奋。

　　当我意识到母亲的身体状况日益恶化时，就写了一封表达感谢的信给她。我写了许多很长时间以来想对她说的话，这些话一直埋藏在我的心里，但因为年少固执，所以我从未对她提起过。现在，我担心如果我再不说出来，恐怕她就永远不能了解我内心对她的爱了。我告诉她我有多么爱她，我为我在成长过程中的顽劣固执向她道歉。我告诉她，她是一个伟大的母亲，并且我为我是她的儿子而感到骄傲。而母亲常常花几个小时翻来覆去地看这封信。

　　不久以后，母亲就认不得我了，她想不起来我是她的儿子。每次我去看望她，她总会问我："你能告诉我你是谁吗？"我总是骄傲地告诉她，我是她的儿子。然后，她会微笑着，用她的手握住我的手。我渴望我们之间这种特别的接触能够永远持续下去。

　　这之后不久我又去看望她时，她正躺在床上休息。她是醒着的。当她看到我进来时，我们彼此微笑着。

没有说一句话，我拉过一把椅子靠近她的床，握住她的手。对我们来说，这是一个不同寻常的接触。我默默地通过这样的方式把我的爱传递给她。在这个安静的时刻，我能感到我们之间那无限的爱所散发出的巨大的魔力。即使我知道，她也许并不清楚是谁握着她的手。

大约过了10分钟，我忽然感到她的手在轻轻地按着我的手。一下，两下，三下。这个过程十分短暂，然而就在那一刹那我知道了她想对我说什么，虽然她没有说出一个字来。

这是我们之间爱的奇迹，这种非凡的力量来自我们彼此深爱的内心。

我简直不敢相信！她已经不能像过去那样用语言表达她内心的想法了，但是她仍能清晰地把她的思想传递出来。她根本无须说话。就在这一短暂的时刻，她仿佛又回到了从前神志清醒的那个时候。

很多年以前，当我的父亲和她约会时，她就发明了这种特殊的方式，就是轻轻地按三下他的手，告诉我父亲："我爱你！"而父亲也会温柔地回摁两次她的手，告诉她："我也是！"

我轻轻地按了两下她的手以回应她的爱。她转过头来，给我一个爱的微笑。她的面容散发出爱的光芒。我永远也不会忘记她容光焕发的这一刻。

又过去了10分钟。我们仍然没有讲一句话。

突然，她认真地看着我，安详地对我说了一句话："儿子，对我来说，最重要的就是有人爱着我。"

我不禁流下了眼泪。我轻轻地拥抱了她一下，告诉她我有多么爱她。不知道是喜悦还是难过，我忍受不了这一时刻，我抹着眼泪向她告辞。

没过多久，母亲就去世了。

那一刻母亲所说的话，都被我像金子般珍藏在心里。我会永远记得那个爱的时刻。

心灵 寄语

母爱是伟大的，母亲无时无刻不在爱着我们。但同时，母亲也需要我们去爱她，也渴望着孩子们能给予她温暖。

鲜花里的爱

采 青

父亲第一次送我鲜花是在我9岁那年。那时，我参加了6个月的踢踏舞学习班，准备迎接学校一年一度的音乐会。作为新生合唱队的一员，我感到激动、兴奋。但我也知道，当时自己貌不出众，毫无动人之处。

真叫人大吃一惊，就在表演结束来到舞台边上时，我听见有人喊我的名字，而且往我怀里放了一束芬芳的长梗红玫瑰。而我站在舞台上的情景至今历历在目，脸蛋儿通红通红的，注视着脚灯的另一边。那儿，我父母正笑吟吟地望着我，使劲儿在鼓掌。一束束鲜花伴随着我跨过人生的一个个里程碑，而这束芬芳的长梗红玫瑰是所有花中的第一束。

快到我16岁生日了，但这对我来说并不是一件值得快乐的事。我身材肥胖，没有男朋友。可是我好心的父母要给我办个生日晚会，这越发给我的心情增加了痛苦。当我走进餐厅时，桌上的生日蛋糕旁边有一大束鲜花，比以前的任何一束都大。

我想躲起来，由于我没有男朋友送花，而是我父亲送了我这些花。16岁是迷人的，可我却想哭。要不是我最要好的朋友弗丽丝小声说："呃，有这样的好父亲，你真走运！"我真就哭了。

时光荏苒，父亲的鲜花陪伴着我的生日、音乐会、授奖仪式、毕业典礼。

大学毕业了，我将从事一项新的事业，并且马上就要做新娘了。父亲的鲜花带给我的不仅是欢乐和喜悦，还标志着他的自豪，标志着我的成功。父亲在感恩节送来艳丽的黄菊花，圣诞节送来茂盛的圣诞红，复活节送来洁白的百合，生日送来鲜红的玫瑰。父亲将四季鲜花扎为一束，祝贺我孩子的生日和我们搬进自己的新居。

我的好运与日俱增，父亲的健康却每况愈下，但直到他因心脏病与世长辞，他的鲜花礼物从不曾间断过。父亲从我的生活中消失了，我将我买的最大最红的一束玫瑰花放在了他的灵柩上。

心灵 寄语

鲜花寄托了这对父女的感情，父亲赠送的鲜花伴随着女孩儿的成长，在女孩的每个人生阶段，父亲都在支持着她不断地努力，直到父亲与世长辞，鼓励的鲜花从未间断过，体现出父爱如山，父爱的伟大。

奇迹的力量

向 晴

　　一个8岁的孩子听到她的父母正在谈论她的小弟弟。她只知道弟弟病得非常厉害，但是不知道父母没有钱为他医治。他们正准备搬到一所小一点儿的房子里去住，因为在支付了医药费之后，他们付不起现在这所房子的房租了。现在，只有费用昂贵的手术才能救她小弟弟的命了。但是，他们借不到钱。

　　当她听到爸爸绝望地低声对眼中含泪的妈妈说"现在，只有奇迹才能救他了"的时候，这个小女孩儿回到她的卧室里，把藏在壁橱里的猪形储蓄罐拿了出来。她把里面的零钱全部倒在地板上，仔细地数了数。

　　然后，她把这个宝贵的储蓄罐紧紧地抱在怀里，从后门溜了出去，走过6个街区，来到当地的一家药店里。她从储蓄罐里拿出一个25美分的硬币，放在玻璃柜台上。

　　"你想要什么？"药剂师问。

　　"我是来为我的小弟弟买药的。"小女孩儿回答道，"他病得很厉害，我想为他买一个奇迹。"

　　"你说什么？"药剂师问。

"他叫安德鲁，他的脑子里长了一个东西，我爸爸说只有奇迹才能救他。那么，一个奇迹需要多少钱？"

"我们这里不卖奇迹，孩子，我很抱歉。"药剂师说完，伤心地对小女孩儿笑了笑。

"听着，我有钱买它。如果这些钱不够，我可以想办法再多弄些钱。只要你告诉我它需要多少钱。"

此时，药店里还有一位衣着考究的顾客。他俯下身，问这个小女孩儿："你的弟弟需要什么样的奇迹？"

"我不知道，"她抬起泪眼模糊的双眸看着他，"他病得很重，妈妈说他需要做手术。但是我爸爸付不起手术费，所以我把攒下来的钱全都拿来买奇迹了。"

"你有多少钱？"那人问。

"1美元11美分，不过我还可以想办法多弄到一些钱。"她的声音轻得几乎听不见。

"噢，真是巧极了，"那人微笑着说，"1美元11美分——这正好是为你的小弟弟购买奇迹的钱。"

他一只手接过她的钱，另一只手牵起她的小手。他说："带我到你家里去。我想看看你的小弟弟，见见你的父母。让我们来看一看我是不是有你需要的那个奇迹。"

那位衣着考究的绅士就是专攻神经外科的外科医生卡尔顿·阿姆斯特朗。手术完全是免费的。手术后没多久，安德鲁就回家了，很快恢复了健康。

"那个手术，"她的妈妈轻声

说，"真是一个奇迹。我想知道它到底需要多少钱？"

小女孩儿微笑了。她知道这个奇迹的确切价格：1美元11美分，加上一个小孩子的坚定信念。

心灵寄语

人生如歌，信念如调，没有调的歌永远不能成为真正的歌，没有信念的人生永远都是没有意义的人生。信念，如同梦想的翅膀，有了信念，才可以使你拨开云雾，见到光明；有了信念，才可以使你乘风破浪，驶向理想的彼岸。

寄往天堂的信

慕　菡

　　多年前，英国有一位邮局职员名叫弗雷德·阿姆斯特朗，他是个送信高手，凡地址不详或字迹不清的死信，经他辨认试投，几乎无不一一救活。弗雷德每天下班回到家，总喜形于色地把一些新发现告诉妻子；晚饭后，他总点了烟斗衔到嘴里，两只手分别牵了小女儿、小儿子到院里坐下讲故事。他总是像个成功的侦探家般快活，生活像是一片晴空，没半点儿云影。

　　可是在一个晴朗的早晨，他的小儿子病了。医生赶到，也是一筹莫展、无计可施。第二天，孩子就死了。

　　从此，弗雷德的灵魂也死了。如今他的生活好像也是一封地址不详的死信，失去了寄托。他每天早早起床，出门上班，走路像个梦游者。他坐在办公桌前，默默办公，下班回到家，默默吃饭，吃完饭，早早上床睡觉。可他妻子知道，他常常整夜整夜地望着天花板。

　　贤惠的妻子眼看他一天天消瘦下去，忧心如焚，她百般安慰，却毫无收效。

　　圣诞节近了，周围的欢乐气氛也不能冲淡这一家的悲哀。本来年初便跟弟弟一起翘首盼望年尾的玛丽安也变得沉默寡言，像有绵绵心事。

这天，弗雷德坐在一只高凳上分发一摊信件。他捡起一个用彩色纸做成的信封，但见上边用蓝铅笔写着"寄交天堂奶奶收"几个大字——真是来无头去无尾！弗雷德轻轻嘘了一口气，正要顺手丢到一旁，但"寄交天堂"的字样似乎把他的心触动了。他拆开信，上面写道：

亲爱的奶奶：

弟弟死了，爸妈很难过。妈妈说好人死了会到天堂，弟弟应该跟奶奶在一起呢。弟弟有玩具吗？弟弟的木马我也不骑了，积木我也不玩了，我把它们藏了起来，因为我怕爸爸看见伤心。爸爸烟也不抽了，话也不说了。我爱听故事，也不要爸爸讲了，让他早点儿睡。有一次我听见爸爸对妈妈说："只有主能解救他。"奶奶，主在哪里呢？我一定要找到他，请他来解救爸爸的痛苦，叫爸爸仍旧抽烟斗、讲故事。

玛丽安写

这天下班时，街灯已经亮了。弗雷德快步回家，也没注意自己的影子一会儿在前，一会儿在后，因为他把头抬起来向前看了。他踏上门阶，没有马上推门，而是摸出烟斗，装上一袋烟丝，点着了，才推门进去。他向迎上前来的妻子和女儿微笑着，徐徐吐出一口烟，立刻把她们笼罩在久违了的气氛中……

心灵寄语

人生短短几十年，不要让痛苦给自己留下什么遗憾，想笑就笑，想哭就哭，该爱的时候就去爱，千万不要压抑自己。

夕阳下的爱

宛 彤

　　一对老夫妻悄悄离开旅游团，相携到山崖上去看夕阳，两位老人如痴如醉地欣赏着这无比的美景，突然，她感到身边有一个东西在往下坠落，她下意识地伸手拉了一把，拉住的正是她的丈夫。她拉住他的衣领，拼命地往上拉，但无论她怎么努力，都无济于事。他悬在山崖上也不敢随意动弹，否则两个人都会同时摔落谷底，她拉着他实在有些支撑不住了，她的手麻木了，胳膊又肿又胀，仿佛随时都会和身子断裂，她意识到自己瘦弱的胳膊根本拉不住他太重的身体，她只能用牙死死咬住他的衣领，坚持到最后一刻，她企盼有人突然出现使他们绝处逢生。

　　他悬在山崖上，就等于把生命钉在了鬼门关上，在这日落西山的傍晚，有谁会来到山崖上？意识到这一点后，他说："放下吧。"

　　她紧咬牙关无法开口，只能用眼神示意他不要吱声。

　　一分钟过去了，两分钟过去了，三分钟过去了……

　　冥冥中，他感到有热热的、黏黏的液体滴在他身上。他敏感地意识到那滴落的液体是血，是从她嘴里流出来的，还带有一种咸咸腥腥的味道。他又一次央求

她："求你了，放下我吧！有你这片心意我就知足了……"

她仍死死咬住他的衣领无法开口说话，只能用眼神再次阻止他不要挣扎。

半小时过去了，一小时过去了。

他感到有大滴大滴热热的液体啪嗒啪嗒地滴落在他脸上，他知道她七窍出血了，但他肝肠寸断无可奈何。他知道她在用一颗坚强的心和死神抗争。他幡然感到，生命的分量在此时此地显得无比沉重。

不知过了多长时间，旅游团的人们举着火把找到了山崖，终于救下了他们，她在不远的一家医院里住了好几个月。

那件事发生以后，她的牙全都脱落了，并从此再也没有长起来。

他每天用轮椅推着她走在街上看夕阳。

他说："当初你干吗拼命救下我这个糟老头？你看你的牙！"

她喃喃地说："因为，我知道，我当时一松口，失去的不仅是你，也是我后半生的幸福。"

心灵寄语

夕阳中，妻子救了自己的丈夫，她虽然失去了自己的牙，却得到了丈夫永远的爱。在爱的过程中，不要计较得失，无价的爱才会带来真正的幸福。

真正的友情

　　一个星期天的清晨，他俩相约到海边游泳。夏日的海滨，细细的白沙柔软而蓬松，蓝蓝的海水不断地轻轻亲吻着他们的脚背，使他们恨不得一下子投向大海的怀抱中。这对年轻好胜的小伙子互相比赛着向深处游去。

真正的友情

冷 薇

　　有两个男孩子，从小学到高中，他们不仅在同一所学校，而且在同一个班里。两人情同手足，终日形影不离。他俩都是独生子，很受家长的喜爱。

　　一个星期天的清晨，他俩相约到海边游泳。夏日的海滨，细细的白沙柔软而蓬松，蓝蓝的海水不断地轻轻亲吻着他们的脚背，使他们恨不得一下子投向大海的怀抱中。这对年轻好胜的小伙子互相比赛着向深处游去。突然，风云骤变，阳光隐没在厚厚的云层里，那碧绿的海水顿时变得混沌。不一会儿，暴风雨便如瀑布似的铺天盖地倾泻下来，狂怒的海水发出呼呼巨响。这两个小伙子在滔天的白浪中与危险苦苦地搏斗着，他们刚刚游在一起，就被一层巨浪分开了。他们高声喊叫着，竭力保持着联系，同时，拼命往岸上游去。风越来越大，浪越来越高，海浪时而像无数隆起的小山，把他们抛向高空，时而又如凹下去的峡谷，使他们掉进无底的深渊。啊，一个小伙子仍在高叫着同伴的名字，却怎么也听不见回音。他心急如焚，拼命向同伴那里游去。人不见了！他不顾一切地喊叫着，寻找着，直到凶猛的巨浪把他打昏。

　　当他醒来时，发现自己躺在医院的病床上，他得到的第一个消息就是好友不幸溺水身亡。后来，他伤愈出院了，但他心中的忧患日渐加剧。是他主动找好友去游泳的，是他没把好友抢救出来。他失魂落魄地终日在海边徘徊，向着一望无垠的大海轻轻呼唤着好友的名字，但是只有那阵阵涛声作答。

他来到好友家里，请求伯母的宽恕。但那失去独子的母亲悲痛欲绝，终日以泪洗面，无暇他顾。他每次都怀着一颗负疚的心情悻悻而去。

这种痛苦的心绪一直伴随着他离开校门，走上社会。为亡友而产生的伤感也注满了他的心房，甚至在蜜月中也不时地影响到新婚的热烈气氛，这使新娘惊诧不解、思绪万千。她看到丈夫总爱在海边定睛伫立、神不守舍，便生气道："你总来海边，那你就去跟大海一块儿过日子吧！"一气之下，便离家而去了。妻子的离去，使他陷进了更大的苦恼之中。

一天，有人轻轻地敲他的房门。来了两个人，一位站在门外，另一位妇人进来，轻吻了他的额头，亲切地说："孩子，还认得我吗？"他抬头一看，来的正是他亡友的母亲。"伯母，想不到是您来了！"他惊喜地扑上去。妇人亲切地抚摩着他的头发说："我的孩子，过去了的事情就让它过去吧！我曾经对你不够冷静，请你多多原谅！"说着，两行晶莹的泪水便无声地流淌在她那苍白的面颊上。"伯母！我的好妈妈！"他再也忍不住了，痛悔和欢喜的泪水尽情地涌出。然而，这已不再是难过的泪水，而是互相谅解的热泪。

她冷静了一下，说："我今天来，是想对你说，我从你身上看到我的孩子还活着。你为他倾注了自己的哀思，我从你的情感中感受到人生的欢乐。让我们互相谅解吧，让我们如同一家人那样互相体恤吧。我从

你妻子那里了解了你的感情，我觉得你是可敬的。但是，我与你、她与你之间还缺乏谅解的精神。现在，我把她找来了，愿你们永远相互体谅，互敬互爱，白头偕老！"

从此，他心头的忧虑消除了，小夫妻俩和好如初，相亲相爱，他们还把亡友之母接来同住。

心灵 寄语

记住该记住的，忘记该忘记的，改变能改变的，接受不能改变的。

本尼特的水彩笔

凝 丝

我赶到电话旁的时候，电话差不多已经响了一分钟。我能想象得到，如果我再迟到一秒拿起话筒，对方一定要悻悻然挂机的。果然，当我拿起话筒还没来得及问好，对方就怒气冲冲地问："请问这是本尼特家吗？"是个嗓门儿很大而且语速很快的老年妇女，显然她打错了电话。我跟她说："对不起，您……"可没等我说完，她就接过话茬儿："请您务必马上来爱华伦大街15号的文具专卖店一趟。因为您的儿子本尼特现在在我们这里。"我正要把刚才的话说下去证明她打错了电话时，那边传来一个小男孩儿的啜泣声，跟我打电话的女人马上提高嗓门儿："偷了东西还哭，你的母亲会马上过来教训你。"我听出来了，那个叫本尼特的孩子拿了文具店的东西，当店员要他告诉家里的电话号码时，他只好胡乱说了一组号码。

我看了看我的儿子阿伦，他正为刚刚赢了爸爸一局棋而高兴得欢呼雀跃呢。我突然想去文具店看看，于是，我说："请您别吓坏了本尼特，我15分钟后赶到。"我驱车前往1英里外的爱华伦大街15号，很容易就找到了那家文具专卖店。

书店大厅里有很多人：有小孩儿，但更多的是大人。站在中间哀哀哭泣的一定就是本尼特了，因为他的脚下有一个浅紫色的水彩笔盒子。我扒开人群，显然这个小家伙不认识我，但是当我把右手递给他的时候，他居然怯生生地伸出了他的手。我牵着他温柔地说："孩子，你怎么那么不小心，把买水彩笔的钱搁在钢琴上了呢？现在妈妈把钱送来了，你去把钱还给他们吧。"

围观的人听到我这样说后就开始散开，有个小姑娘甚至走上前来对本尼特说："开心点儿，没有人认为你是小偷。"水彩笔标价5美元30分，我把一张10美元的纸币交给本尼特，鼓励他自己去交钱。本尼特有些迟疑，但见我用慈祥温柔的目光看着他，于是他接过钱，低着头去收银台了。一两分钟后，他将店员找给他的4美元70分还给了我，而我将那盒漂亮的水彩笔交给了他。

当我牵着本尼特的手走出文具店的时候，先前恶狠狠打电话给我的老人跟我说："我们错怪了您的儿子，而您真是一位豁达的母亲。"我朝她笑了，本尼特见我这样，也很自豪地抬起眼睛，跟先前骂他的老奶奶扮了个鬼脸。

走出文具店后，我提议开车送本尼特回家。他说他的家离这里只有300米。我说："那么再见吧，小伙子，希望你能描绘出最美丽的图画！"

他羞涩地笑了，紧紧地把水彩笔抱在怀里，他跑着跳着离开了，到马路对面后还回过头来跟我挥手。

时光流逝，这件事情也渐渐地从我脑海里淡去。但是12年后的一天，我突然接到一个陌生电话，当我说了"你好！"后，话筒里传来一个小伙子的声音："请问您是本尼特的母亲吗？""本尼特？"我突然失声叫出来。对方在电话里爽朗地笑了："我15分钟后会冒昧地打扰您。"

15分钟后，一个高大英俊的小伙子站在我面前，没等我说话，他就张开双臂，拥抱我，"12年前，我就想叫您一声妈妈了！我是本尼

特。"

我突然泪流满面。虽然我一直没有忘记12年前文具店里的那个孩子，但是我从来没想到还会见到他。而且，如今的本尼特，已经是纽约一所大学美术系的学生了。他告诉我："虽然我3岁就失去了母亲，但是从6岁开始就拥有了另一个亲爱的妈妈，这个妈妈用一盒水彩笔指引了我的整个人生。"

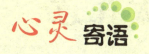

心灵寄语

于千万人之中，遇见你所遇见的人；于千万年之中，在时间的无涯荒野里，没有早一步，也没有晚一步，刚好赶上了。于是，小小的爱改变了一个人的一生。

不必太在意

碧 巧

　　主人沏好茶，把茶碗放在客人面前的小茶几上，盖上盖儿，当然还带着那甜脆的碰击声。接着，主人又想起了什么，随手把暖瓶往地上一搁。然后他匆匆进了里屋，而且马上传出开柜门和翻东西的声响。

　　做客的父女俩待在客厅里。10岁的女儿站在窗户那儿看花。父亲的手指刚刚触到茶碗那细细的把儿——忽然，叭的一声，跟着是绝望的碎裂声。

　　地板上的暖瓶倒了。女孩儿吓了一跳，猛地回过头来。事情尽管极简单，但这近乎是一个奇迹：父女俩一点儿也没碰它，的的确确没碰它。而主人把它放在那儿时，虽然有点儿摇晃，可是并没有马上就倒啊。

　　暖瓶的爆炸声把主人从里屋"揪"了出来。他的手里攥着一盒方糖，一进客厅，主人就下意识地瞅着热气腾腾的地板，脱口说了声：

　　"没关系！没关系！"

　　那父亲似乎马上要做出什么表示，但他控制住了。

　　"太对不起了，"他说，"我把它碰了。"

　　"没关系。"主人又一次表示这无所谓。

从主人家出来，女儿问："爸，是您碰的吗？"

"……我离得最近。"爸爸说。

"可您没碰！那会儿我刚巧在瞧您玻璃上的影儿，您一动也没动。"

爸爸笑了："那你说怎么办？"

"暖瓶是自己倒的！地板不平。李叔叔放下时就晃，晃来晃去就倒了。爸，您为啥说是您……"

"这，你李叔叔怎么能看见？"

"可以告诉他呀。"

"那样不好，孩子。"爸爸说，"还是说我碰的好。这样，既不会伤害你李叔叔的面子，我也不会因难以证明自己而苦恼。毕竟一只热水瓶值不了几元钱，不是什么大事，何必那么认真呢？"

心灵寄语

人应当勇于承担，不要因为小事去斤斤计较，那样只会徒添烦恼，何必那样认真呢？

微小的损失

静 松

尤利乌斯是一个画家，而且是一个很不错的画家。他画快乐的世界，因为他自己就是一个快乐的人。不过没人买他的画，因此他想起来会有点儿伤感，但只是一会儿。

"玩玩足球彩票吧！"他的朋友们劝他，"只花2马克便可以赢很多钱！"

于是尤利乌斯花2马克买了一张彩票，并真的中了彩！他赚了50万马克。

"你瞧！"他的朋友都对他说，"你多走运啊！现在你还经常画画儿吗？"

"我现在就只画支票上的数字！"尤利乌斯笑道。

尤利乌斯买了一幢别墅并对它进行了一番装饰。他很有品位，买了许多好东西：阿富汗地毯、维也纳柜橱、佛罗伦萨小桌、迈森瓷器，还有古老的威尼斯吊灯。

尤利乌斯很满足地坐了下来，他点燃一支香烟静静地享受他的幸福。突然他感到好孤单，便想去看看朋友。他把烟往地上一扔——在原来那个石头做的画室里他经常这样做，然后他就出去了。

燃烧着的香烟躺在地上，躺在华丽的阿富汗地毯上……一个小时以后，别墅变成一片火的海洋，被完全烧没了。

朋友们很快就知道了这个消息，他们都来安慰尤利乌斯。

"尤利乌斯，真是不幸呀！"他们说。

"怎么不幸了？"他问。

"损失呀！尤利乌斯，你现在什么都没有了。"

"什么呀？不过是损失了2马克。"

心灵 寄语

对于人生得失不要看得太重。当你获得了很多以后，不要因为收获而喜悦；当你失去了很多以后，不要因为损失而苦恼。

貌似不可以

芷 安

"出什么事了，爸爸？"霍尔被什么声音弄醒了，问道。他跑出屋去，看见他爸爸正手握步枪站在台阶上。

"孩子，是野狗，一定是它一直在杀我们的羊。"

夜晚的寂静被野狗又长又尖的嚎叫声划破了。嚎叫声是从离屋子大约四分之一英里远的悬崖上传来的。

霍尔的父亲举起步枪，朝悬崖的方向开了几枪。"这应该把它吓跑了。"他说。

第二天早晨，孩子骑马出去，一边沿着旧石崖慢慢骑着，一边寻找着野狗的足迹。

突然，他发现了那条野狗，它正平躺在从峭壁上伸长出去的一棵树的分枝上。它一定是在夜晚的追逐中从悬崖边跌下来的，当它摔下来时一定是掉在分枝上，树下是60英尺深的悬崖，这只野狗跑不掉了，于是霍尔跑回去把此事告诉了他的父亲。

"爸爸，您打算开枪打死它吗？"当他们返回悬崖时霍尔问道。

"我想如此，它在那儿只会饿死。"爸爸举起步枪瞄准，霍尔等待着射击——

但枪没有响，他爸爸已把枪放下了。

"您打算打死它吗？"霍尔问道。

"现在不，儿子。"

"您打算放了它吗？"

"儿子，如果我可以帮助它的话，我不会放的。"

"那您干吗不开枪打死它？"

"只是觉得似乎不公平。"

第二天，他们骑马外出，看到野狗还在那儿。它似乎在测算树和悬崖顶的距离——也许它会跳上去。霍尔的爸爸仍没有开枪。

到第三天时，野狗看上去又瘦又弱了。霍尔的爸爸几乎伤感地慢慢举起步枪，他射击了。霍尔首先看看地面，期待着看到野狗的尸体。当他发现地上什么也没有后，他抬头朝树上望去。

野狗还在那儿，他爸爸以前从未在这么容易的射击中失过手。

受到惊吓的野狗望着地面，然后挪回了它的两条腿。

"爸爸，看，它要跳了，快，开枪！"

突然，野狗一跃而起。霍尔看着，等着它摔到地上。相反，他看到它停在悬崖外墙上，并在滑动的岩石上疯狂地挣扎着，它的后腿在往上踢。

"爸爸，快，"霍尔催促道，"否则它就要跑了。"

他爸爸并没有动。

野狗微弱地爬上了悬崖顶。他爸爸仍没有举起枪。野狗沿着悬崖边跑远了——慢慢地跑出了视线。

"您放了它。"霍尔叫道。

"是的，我放了它。"他爸爸回答道。

"为什么？"

"我想我的心肠变软了。"

"但您让一只野狗跑了！它吃了所有的羊！"

爸爸望着在微风中摇动的空荡荡的树感慨道："儿子，有些事人们似乎就是不能那么做。"

每个生命都有平等生存的权利，当他处在困境中时，我们怎么能乘人之危呢？所以有些事我们是不能那么做的。

奉献爱心，美丽一生

雪　翠

　　乔治是华盛顿一家保险公司的营销员。他因为为女友买花，认识了一家花店的老板本。但也只是认识，他总共只在这家花店买过两次花。

　　后来，他因为为客户理赔一笔保险费，被莫名其妙地控以诈骗罪投入监狱，要坐十年的牢。女友为此离开了他。

　　乔治在监狱里过了郁闷的第一个月，他几乎要疯了。这时，有人来看他。在华盛顿，他没有一个亲人，他想不出有谁会记得他。

　　在会见室里，乔治不由得怔住了，原来是花店的老板本。本给他送来一束花。

　　这束花给乔治的牢狱生活带来了生机，也使他看到了人生的希望。他在监狱里开始大量地读书，钻研电子科学。6年后，他获释了。他先在一家电脑公司做雇员，不久自己开了一家软件公司。两年后，他已成为一位富豪。乔治去看望本，却得知本已于两年前破产了。

　　乔治给本买了一套楼房，又在公司里为本留了一个位置。他说："正是你当年的一束花，给了我战胜厄运的勇气。我想以你的名义，捐一笔钱给北美机构，

让天下所有不幸的人都感受到你博大的爱心。"

后来，乔治果然捐了一大笔钱，成立了"华盛顿·本陌生人爱心基金会"。

奉献爱心，只要一句话、一个微笑、一束花就可以了。当别人身处困境时，也许你简单的爱心举动会重新燃起他们心中的希望，给他们架起一座通往理想的桥。

真正的大师

雅 枫

一位世界一流的小提琴演奏家在为人指导时，从来不说话。每当学生拉完一曲后，他总是把这一曲再拉一遍，让学生从倾听中得到教诲。"琴声是最好的教育。"他如是说。

他收了一位名不见经传的新生，在拜师仪式上，学生为他演奏了一首短曲。这个学生很有天赋，把这首短曲演奏得出神入化、天衣无缝。

学生演奏完毕，这位大师照例拿着琴走上台。但是这一次，他把琴放在肩上，却久久没有奏响。他沉默了很长时间，然后，又把琴从肩上拿了下来，深深地叹了口气，走下了台。

众人惊慌失措，不明白发生了什么事。这位大师微笑着说："你们知道吧，他拉得太好了，我没有资格指导他。最起码在刚才的这一曲上，我的琴声对他只能是一种误导。"

全场静默片刻，然后爆发出一阵热烈的掌声。

盛名天下的大师没有担心在大庭广众之下褒扬学生的高超会无形中降低自己的威信，他在拥有一流琴艺和一流师名的同时，也拥有磊落的胸怀和可贵的谦

逊。这就是真正的大师。

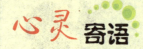

只有胸怀坦荡，敢于夸奖不如自己的人的优点才算得上是一个真正的强者。

运动衫里的爱心

沛 南

  康威老先生叫我去他那里一趟，他是我们家的邻居。他年事已高，所以我猜想他叫我去无非是为家务杂事，就像以前我妈妈叫我去做家务一样，因为我已长大了，有些家务是能够做的。

  我到他家后，老先生叫我把他的一双旧鞋送到城里吉特勒先生的鞋店修理一下。

  就在我等着他把鞋脱下来时，一辆小轿车开过来了，一个男的带着个小男孩儿从车里下来，说想要点儿水喝。当我给他们递去盛满水的水杯时，小男孩儿身上的红色运动衫引起了我的注意。他看上去跟我的年龄差不多大，14岁左右，运动衫也跟我的大小一样，但这是我所见到的最漂亮的一件运动衫，运动衫前面印着一只蓝色的仰着头的大角麋鹿。

  小男孩儿正喝水时，康威老先生养的两只小狗便咬起他的鞋带来，于是小男孩儿转过身和小狗一块儿玩起来。当小男孩儿与小狗玩熟时，我就大着胆子问他运动衫是从哪儿买来的，多少钱一件。他告诉我是在城里的商店买的，货架上全是这种运动衫。

  他们走了以后，康威老先生用报纸将旧鞋包好，从衣兜里掏出1元4角5分钱对

我说：

　　"对不起，孩子，我没有零花钱给你了，实际上这是最后一点儿钱了。"

　　我夹着老先生的鞋往城里走时，他叫住我："告诉他，你就站在那里等他修好，我就坐在这里等你回来。"

　　我一边走，一边想着那件红色运动衫。我回到家后，急切地告诉妈妈那个小男孩儿身上穿的红色运动衫以及运动衫上印的骄傲的蓝色大角麋鹿有多棒。不一会儿，妈妈给了我3块钱——虽然看得出来她犹豫了片刻。

　　我到了城里后，先到小男孩儿告诉我的那家大商店，找到挂着那件运动衫的柜台，毫不犹豫地用3块钱买了一件。出了商店我就穿上了它。

　　我慢慢走着，心里充满了自豪。

　　在吉特勒先生的鞋店里，我将鞋子放在柜台上，他打开后检查了一下鞋子，然后转过身瞧着我，摇了摇头说："没法儿再修了，鞋底全坏了。"

　　于是，我夹着那双旧鞋走出了鞋店。

　　我站在街角抱着鞋等了一会儿，我好像看到老人在他那小河湾旁的小屋里赤脚等着我。我瞥了一眼这双老人坏得不能再穿的鞋子，我想那双鞋子可能是世界上他最亲近的东西了。

　　我开始在楼前徘徊。然后我又一次站在大商店的门口。我衣兜里只剩下1元4角5分钱了。我把运动衫脱下来走进商店。

　　"我打算不要这件运动衫了。"我告诉售货员，"我想买双跟这双旧鞋一样大小的鞋子，用这件运动衫的退款再加上1元4角5分。"

　　我向售货员说明想要买这双鞋的原因。

　　"噢，我认识那位老先生，他来过几次。"售货员和颜悦色地说，"他常想要双软点儿的鞋子，我这儿还有几双。"

　　她转身拿出一个鞋盒，我看到了盒子上的标价：4.5美元。

　　"我用这件运动衫再加上1元4角5分能买吗？"

　　售货员没说什么，她只是爬上

去，拿下来一双很重的长腰袜子，放进鞋子里，用旧报纸将鞋子包起来。

我将那件骄傲地仰着头的大角麋鹿运动衫放在柜台上，然后抱着鞋盒走出了商店。

当那间我熟悉的小屋进入眼帘时，我慢慢走着、思考着，我想着一些稀奇古怪的事情以及如何去对老先生讲。我记得妈妈说过，风暴过后总是阳光明媚，黑色的天空最易看见星星，以及悲伤之后是快乐。

"吉特勒先生说你的鞋不能再修了，鞋底全坏了。"我一本正经地对老先生说。

使我迷惑的是，老先生那蓝色的眼睛里没有出现失望的目光。

"噢，那就算了，把鞋放在这儿吧，我想我自己还能修一修，再穿一段时间。"

我打开旧报纸，那双崭新的软皮鞋呈现在他的面前。我看到他那双大手不停地抚摸着软皮鞋，泪水从他的面颊流了下来。他站起来，走过去从枕头下面拿出一件印有仰着头的大角麋鹿的红色运动衫。

"我早上看到你眼睛盯着这件红运动衫，当那父子俩打猎回来时，我跟那小男孩儿说用小狗换他的运动衫……"

我长久地抱着老先生的脖子，然后冲出那间小屋，去给妈妈看我身上穿的这件印有骄傲的大角麋鹿的红色运动衫。

心灵寄语

爱心是一片冬日的阳光，使饥寒交迫的人感到人间的温暖；爱心是沙漠中的一泓清泉，使身处绝境的人重新看到生活的希望；爱心是一首飘荡在夜空里的歌谣，使孤苦无依的人得到心灵的慰藉；爱心是一片洒落在久旱土地上的甘霖，使心灵枯萎的人受到情感的滋润。

关于爱心的测试

语 梅

一位来中国观光的美国老太太用那根曾经指点过世界许多名胜的手指，在一群中国孩子中指点了三下，于是三个孩子：一个10岁的女孩儿，一个7岁的男孩儿和一个大约5岁的女孩儿，站到了这位美国老太太的面前。

美国老太太拿出一只玻璃瓶子，瓶肚很大，瓶口很小。三只刚能通过瓶口的小球正躺在瓶底。小球上各系一根丝绳，像青藤一样从瓶口爬出来，丝绳被攥在这个美国老太太的手里。

美国老太太狡黠自负地笑了一下，对两旁的中国主人说："都说中国人是世界上最聪明的，现在我要试一试。"

三个中国孩子露出紧张惶恐的神色。

她宣布游戏规则：这三个小球分别代表你们三个人。这个瓶子代表一口干井。你们正在井里玩。突然，干井冒出水来，水涨得很快，你们必须赶快逃命。记住，我数七下，就是只有七秒钟的时间，如果你们谁没有逃出来，谁就被淹死在井里了。

她把三根丝绳递给了三个中国孩子。

空气突然凝滞了，好像死神在四周徘徊。美国老太太做出一个表示开始的手势。只见那个大约5岁的女孩儿很快从瓶里拉出了自己的球；接下来是那个7岁的男孩儿，他先是看了一眼比自己大的女孩儿，接着迅速地将自己的球拉出瓶口；最后是那个10岁的女孩儿，从容又轻捷。而三个人所用的全部时间不到五秒钟。

美国老太太惊呆了，本来一场惊心动魄的游戏，竟这么平淡乏味地结束了。

她先问那个小男孩儿："你为什么不争先逃命？"小男孩儿摆出一副很勇敢的劲头，手指着那个最小的女孩儿："她最小，我应当让着她呀！"她又问那个10岁的女孩儿，女孩儿说："三个人里我最大，我是姐姐，应该最后离开。"老太太又问："那你就不怕自己被淹死？"女孩答道："即使淹死我，也不能淹死弟弟妹妹。"

泪水唰的一下就从美国老太太的眼里涌了出来。她说她在许多国家试过这种游戏，几乎没有一个国家的孩子能够这样完成它，他们争先恐后，互不相让……

心灵 寄语

生命的意义在于设身处地替他人着想，忧他人之忧，乐他人之乐。

相信妹妹

秋 旋

天气真热，商场侦探阿伟的制服已被汗水浸得精透。

一位窄脸妇女正在他面前尖声诉说着什么。

丢掉的钱已经找到了，可她却不肯善罢甘休，仿佛站在桌前的这个小男孩儿真是一个危险的罪犯。

阿伟思忖着，是的，10块钱对大人来说也是个不小的诱惑，更何况是个穿得破破烂烂的小孩子呢？

"是的，我没亲眼看到他偷钱。"那位太太唠叨着，"我买了一样东西，又要去看另一件货，就把10块钱放到了柜台上。但刚离开几秒钟，钱就跑到这个小贼的手上了。"

阿伟这才发现桌角那边还有个小女孩儿。她正用蓝蓝的大眼睛静静地看着他。

"是你拿走钱的吗？"阿伟问男孩儿。

小男孩儿紧闭着嘴唇，点了点头。

"你几岁了？"

"8岁了。"

"你妹妹呢？"

男孩儿低头望了望他的小伙伴：

"3岁。"

在这大热天里，孩子也许只是为了拿它去换点冰激凌。可这位太太却咬定孩子是窃贼，非要惩罚他们不可。阿伟不由得心疼起这两个孩子来。

"让我们去看看现场吧。"

男孩儿紧紧拉着小女孩的手，跟着大人们向前走去。

柜台后面一只风扇吹来的风使阿伟觉得凉爽了些。

"钱在哪儿放着？"

"就在这儿。"太太把10块钱重新放在柜台上售货记账本的旁边。

阿伟打量了一下小女孩儿，然后掏出几块糖来。

"爱吃糖吗？"

女孩儿扑闪了一下大眼睛，点了点头。阿伟把糖放在钱上面：

"来，够着了就给你吃。"小女孩儿踮起脚尖，竭力伸长小手，可还是够不着。

阿伟把糖拿给小女孩儿。

太太在一边嚷起来："我不跟你争辩。难道他们可以逃脱罪责吗？领我去见你的老板……"

阿伟没理会，他正注视着那10块钱，柜台后面的风扇吹着它，它开始滑动，滑动，终于从柜台上飘落下来。

钱落在离两个孩子几尺远的地方。女孩儿看到钱，便弯腰捡起来递给哥哥，男孩儿毫不犹豫地把钱交给了阿伟。

"原先那钱也是你妹妹给你的对吗？"

男孩儿点了点头，眼里涌出委屈的泪水。

"你知道那钱是从哪儿来的吗？"

男孩儿使劲摇着头，终于大声哭了起来。

"那你为什么要承认是你偷的呢？"

男孩儿泪眼模糊："她……她是我妹妹，她从不会偷东西……"

阿伟瞟了一眼那位太太，他看到她的头低了下来。

信赖，往往可以创造出美好的境界！被人信赖是一种福分，然而信赖他人却需要莫大的勇气和信心。

最好的消息

诗 槐

　　阿根廷著名的高尔夫球手罗伯特·德·温森多是一个非常豁达的人。

　　有一次温森多赢得了一场锦标赛。领到支票后，他微笑着从记者的重围中走出去，到停车场准备回俱乐部。这时候一个年轻的女子向他走来。她向温森多表示祝贺后又说她可怜的孩子病得很重——也许会死掉——而她却不知如何才能支付昂贵的医药费和住院费。

　　温森多被她的讲述深深打动了，他二话不说，掏出笔，在刚赢得的支票上飞快地签了名，然后塞给了那个女子，说："这是这次比赛的资金。祝可怜的孩子早点儿康复。"

　　一个星期后，温森多正在一家乡村俱乐部吃午餐，一位职业高尔夫球联合会的官员走过来，问他前一周是不是遇到一位自称孩子病得很重的年轻女子。

　　"是停车场的孩子们告诉我的。"官员说。

　　温森多点了点头，说有这么一回事，又问："到底怎么啦？"

　　"哦，对你来说这是一个坏消息，"官员说，"那个女子是个骗子，她根本就没有什么病得很重的孩子，她甚至还没有结婚哩！你让她给骗了！"

"你是说根本就没有一个小孩子病得快死了？"

"是这样的，根本就没有。"官员答道。

温森多长吁了一口气，然后说："这真是我一个星期以来听到的最好的消息。"

 心灵寄语

仁爱的人不会为自己的得失而伤心，他们会为了别人的幸福而愉快。

最高尚的事

佚 名

　　从前有一个富翁，他有三个儿子，在他年事已高的时候，富翁决定把自己的财产全部留给三个儿子中的一个。可是，到底要把财产留给哪一个儿子呢？于是富翁想出了一个办法：他要三个儿子都花一年时间去游历世界，回来之后看谁做了最高尚的事情，谁就是财产的继承者。

　　一年时间很快就过去了，三个儿子陆续回到家中，富翁要三个人都讲一讲自己的经历。大儿子得意地说："我在游历世界的时候遇到了一个陌生人，他十分信任我，把一袋金币交给我保管，可是那个人却意外去世了，我就把那袋金币原封不动地交还给了他的家人。"二儿子自信地说："当我旅行到一个贫穷落后的村落时，看到一个可怜的小乞丐不幸掉到了湖里，我立即跳下去，从湖里把他救了起来，并留给他一笔钱。"三儿子犹豫地说："我，我没有遇到两个哥哥碰到的那种事，在我旅行的时候遇到了一个人，他很想得到我的钱袋，一路上千方百计地害我，我差点儿死在他手上。可是有一天我经过悬崖边，看到那个人正在悬崖边的一棵树下睡觉，当时我只要抬一抬脚就可以轻松地把他踢到悬崖下，但我想了想，觉得不能这么做，正打算走，又担心他一翻身会掉下悬崖，于是就

叫醒了他，然后继续赶路了。这实在算不了什么有意义的经历。"富翁听完三个儿子的话，点了点头说道："诚实、见义勇为都是一个人应有的品质，称不上是高尚。有机会报仇却放弃，反而帮助自己的仇人脱离危险的宽容之心才是最高尚的。我的全部财产都是老三的了。"

心灵寄语

诚实和见义勇为是作为人的应有品质，而博大的胸怀和包容天下的肚量才是最高尚的品质。

难以名状的味道

对于鸡蛋酱的辛酸记忆早已淡然，而我尝试
过各种做法的鸡蛋酱，但无论怎么做，总觉得鸡
蛋酱里有一种说不出的又咸又苦的味道，始终找
不到当年那碗鸡蛋酱的余香。

一张支票

千 萍

　　我再次走进老戴维的鞋铺时，他蹒跚地迎出来，接过我的半张纸片，找到鞋子。他这次抬起头来，用他那不很灵光的眼神打量我。我也注意到他长着一张普通而平静的脸，稀疏的白发滑过高高尖尖的鼻子，但没有遮盖住那额头上被岁月犁出的皱沟。

　　"新来的？"他认真地盯着我这张东方人的脸。天哪，三年多了，我就住在离他不过几步之遥的地方啊！我苦笑："我是这里的留学生。"老戴维恢复了原态，习惯地垂下头，用自己的手掌在鞋面上细心地、缓慢地擦拭了几下。老人下意识的动作，唤起我一种难以名状的情感冲动，仿佛这双皮鞋，经老人的手掌一擦，顿时发出了夺目的光亮！我拿出早已准备好的8块钱交给他，可是老戴维将其中的3块放回我的手心。"学生，只收5块。"没等话说完，他就消失在昏暗中了。

　　昏暗中，我的周围依旧弥漫着那种鞋铺的气味。可这次，我没有像上次那样仓皇离开。我的眼睛湿润起来。

　　今年的雨水特别充沛，充沛得连小镇上唯一的教堂都塌了顶。镇长和教长联合出了公告，请求人们解囊捐助，翻修教堂。

一天下午，我把一张崭新的50元钞票郑重地交给教长史密斯先生。

"你是学生，捐钱就免了，"他微笑着，"你可以来参加义工啊！"

史密斯先生开始告知我关于翻修教堂的义工计划。这时，我远远地看见老鞋匠戴维蹒跚走来。

血红的残阳挑衅着他那双不大灵光的眼睛，他的头几乎垂到地下。"你好呀！"史密斯先生总是那么微笑着。老戴维依然没有抬头，将一个小小的信封轻轻地放在捐赠桌上。镇上所有的人都晓得，老戴维从来都没有进过教堂。此时，他的捐献让史密斯有些不安。"啊，戴维，等一等，我是说，"史密斯的语法似乎出了问题，"如果你觉得孤单，不，不，我是说，如果你愿意的话，我由衷地邀请你参加教堂的礼拜……"老鞋匠没有回答，淡然地做了一个会意的表示，便一晃一晃地融入晚霞的光芒之中了。

工作人员打开老鞋匠的信封，一张支票飘落在人们眼前，上面重重地写着：捐给教堂5000元。

人们面面相觑！如果修补一双鞋子收取5元，就算修补鞋子1分钱成本也不用，就算他不吃不喝，老戴维要补多少双鞋子，要花多少时间才能积攒出5000块钱啊？

我的眼睛又一次湿润起来。

爱心是一个人的美德，对于一个穷人来说，能够拿出他的全部，哪怕只有一点，那也是莫大的慷慨。

最终的心愿

晓　雪

一个女人沿着海边垂头丧气地走着，忽见沙中有个瓶子。她拾起瓶子，拔开瓶塞，刷地出现了一大股浓烟。

一个妖怪在浓烟中对她说："你把我从牢狱中放出来了，为了报答你，准你三个心愿实现。不过你得当心，对于你许下的每一个心愿，你的男人都会得到相当于你所得到的两倍。"

"为什么呢？"女人问道，"那个无赖抛弃我投入了另一个女人的怀抱啊。""书上就是这么写的。"妖怪答道。女人耸耸肩，于是向妖怪要100万美元。

电光一闪，在她的脚边出现了100万美元。同一时刻，在一个遥远的地方，她的那个反复无常的丈夫低头一看，脚边有200万美元。

"你的第二个要求是什么？"

"妖怪，我想要世界上最珍贵的宝石项链。"说完又是电光一闪，女人的手里出现了那件珍宝。而在那个遥远的地方，她丈夫正在寻找珠宝商卖他刚到手的不义之财。

"妖怪，我丈夫果真得到200万美元和比我还多的珠宝吗？我希望什么，他都能得到相当于我的两倍吗？"

妖怪说这是千真万确的事情。

"那好，妖怪，我已准备好说出最后一个心愿了，"女人说，"把我吓到半死吧！"

心灵 寄语

善待别人也是善待自己，同理，抛弃别人也就抛弃了自己。

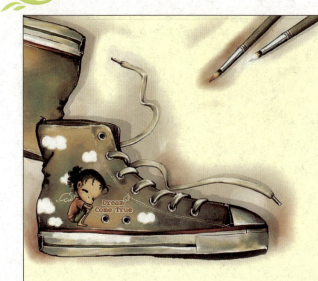

把鞋带系好

忆 莲

克莱夫8岁大的女儿有一天回到家里时很烦躁，不想玩也不想看书。克莱夫把她抱在怀里问她原因。

"没什么。"她说，眼睛看着地板。

"是不是邻家那个孩子又欺负你了？"他问女儿。

"不是，爸，我只是感到不开心而已。"

他顺着她的眼光望向她的帆布鞋，见到她的鞋脏了，鞋带也散开了。"你的鞋带散开了。"克莱夫说。

"是的，我不断地被绊倒。"

克莱夫把她放在沙发上，然后跪着替她把鞋带系好。他再抬头看她，她正望着自己，脸上似乎有了快乐的表情。"现在感觉怎么样？"他问女儿。

"好了，爸——好多了。"

克莱夫了解那种感觉。他们没有长谈怎样待人处世，也没有谈怎样争取高分或长大成人的重要。他们只是解决了那一点因鞋带散开、鞋里进了沙粒或是因鞋子进水而导致的烦恼，所以，那些令人不安的烦恼自然就消失了。

心灵寄语

烦恼不是什么大事，它只不过是一些小困难累积而带来的。当你解决了那些小事，烦恼自然就会消失了。

用喜儿糕试一下

雁 丹

默特尔念小学二年级时，有一天，一放学回到家他就扑进妈妈的怀里抽泣着说："课间休息时，一个男同学高声说：'默特尔，默特尔，慢得像龟没法儿逃，长得这样胖怎么好？'然后人人都跟着他说了。他们为什么要嘲笑我？我该怎么办？"

"我想最好的办法就是：他们要开你的玩笑，你就跟他们一起闹好了。"

"怎么闹？"

"我们不妨用喜儿糕来试一试。"妈妈说，她的眼睛闪闪发亮。

"喜儿糕？"

"对！默特尔的喜儿糕。我们现在就来做。"

很快，厨房里就弥漫着烘烤巧克力、椰丝、奶油和果仁的香味。面粉团刚烤成浅咖啡色，妈妈就把蛋糕从烤箱里取出来了。"你的班上有多少个同学？"她问。

"一共23个。"默特尔回答道。

"那么，我就把喜儿糕切成28块。每个学生一块，老师汤姆金斯太太一块，再给她一块带回去给她的丈夫，还有一块给校长——剩下的两块我们现在就吃。"

"明天我开车送你到学校之后，"妈妈说，"会先去跟汤姆金斯太太谈谈。到时候她会叫你的同学排好队，然后一个接着一个地对你说：'默特尔，默特尔，请你给我一块喜儿糕！'"

"跟着，你就从盘子里铲起一块来，放在餐巾纸上，对同学说：'我是你的朋友默特尔，这是你要的喜儿糕！'"

第二天，妈妈所说的全都实现了。从此以后，同学们先前作的那首打油诗没有人再念了。默特尔反而会不时地听到同学念道："默特尔，默特尔，给我烤个喜儿糕！"妈妈在万圣节、圣诞节和情人节都烤喜儿糕，让默特尔带到学校分给同学。昔日嘲笑他的人现在都成了他的朋友。

心灵 寄语

善待你的朋友，他们也同样会对你友好。

一元钱买来的快乐

采 青

费了很大的力气才挤上了最后一班公交车。我忽然发现身上居然没有一元的零钱——只有几张面值百元的钞票。情急之下，我赶忙询问身旁的乘客："对不起，请问您有一百元零钱帮我换开吗？"不幸，大家对我的困境都爱莫能助。

当我长叹一口气，正要向投币口投下一百元大钞时，身后突然响起一个声音："这一元钱给你。"一位年轻的姑娘拿着一枚一元硬币递给我。

"不行，不行！我不能平白无故地接受你的钱。"

"可我没有那么多零钱和你交换，而你又急需这一元钱，不是吗？"

"你说得没错，不过我还是不能拿你的钱。"我想了一下，只好又说，"如果你和我在同一站下车，我就到便利商店换零钱还你；或者我下次在车上遇见你时再还给你；要不然你留下地址给我。我……"

她忍不住打断了我的话："不用麻烦了，你就当作我拿一元钱向你'买快乐'好了。能帮上你的忙我很高兴。我想，你一定也觉得适时得到别人的帮助是一件快乐的事情吧？"

虽然我同意她的说法，但我还是摇了摇头，仍表示不能接受她的钱。

于是，她提出了一个建议："那么请你帮我做一件事来交换这一元钱可以吧。下次你在车上碰到和你相同遭遇的人，也送给他一元钱，让这份'快乐'继续传递下去。"

我上车时拖着疲惫的身体，下车时心里却暖融融的。

后来，我时常在口袋里多放一元硬币，以便继续传递"快乐"。

心灵 寄语

快乐是温暖的，它停驻在每个人的心间，平时你可能不曾感觉到，但当你怀揣一颗帮助别人的心，那么你的快乐也就传递给需要帮助的那个人了。

爱心旅途

宛 彤

　　杰恩斯是一位初出茅庐的画家，居住在西班牙的马约尔加岛。故事发生在杰恩斯的母亲到西班牙看望完他即将返回美国的那天。

　　一大早，母亲和杰恩斯气喘吁吁地把两个大旅行箱从公寓的四楼搬到路边，坐在箱子上等出租车。

　　马约尔加岛不是大城市，与华盛顿快节奏的生活截然不同，所以出租车比较少。他们无法通过电话叫车，只能在路边等着，不知道出租车何时才能来。

　　大约过了20分钟，从相反的车道过来一辆出租车。杰恩斯立即起身招手，但他看到车内有乘客时就放下了手，出租车缓缓地驶了过去。然而，那辆车驶了30米左右就停住了，那位乘客——一位看起来颇有修养的老绅士下车了。

　　"噢，真幸运，那人正好在这里下车呀。"杰恩斯感到很高兴，他走到车旁，迅速把旅行箱装进车的后备箱。坐进车后，杰恩斯告诉司机："去机场。"并说，"我们真幸运，谢谢你。"

　　司机耸了耸肩，说："你们应该感谢那位老先生，他是特意为你们而早下车的。"

杰恩斯和母亲不解其意，于是司机又解释道："那位老先生本想去更远的地方，但是看到你们后就说，'我在这里下车，让那两位乘客上车吧。这么早拿着旅行箱站在路边，一定是去机场乘飞机的。如果是这样，肯定有时间限制。我反正没什么急事，我在这里下车好了，等下一辆出租车'。"

杰恩斯很吃惊，他恳请司机绕道去找那位老先生。

当车经过老先生身边时，杰恩斯从车窗大声向那位悠然地站在路边的老先生道谢。

老先生微笑着说："祝你们旅途愉快。"

后来，杰恩斯在给姐姐的信中这样写道："我对他人的体谅与那位老先生相比程度完全不同。我即使体谅他人，自己在心里也会想：能做到这点就不错了……"

在爱的世界里，爱的天平在爱和被爱中保持着平衡。在生活中，默默地为别人端一杯水，递一本书，甚至提前下车，把座位让给赶时间的人们，多做一些力所能及的事，这个世界就会成为爱的海洋。

知道同情别人

凝 丝

　　一个星期一的晚上，刚刚当上神父的萨特将维拉斯请到教堂，一起商量即将举行的圣公会的筹备方案，很久他们才分手回家。

　　萨特刚跨入家门，电话就响了，是维拉斯。在电话谈话中萨特得知维拉斯回到家后，发现他的妻子倒在厨房的地上，已经死了。这天晚上他们还在一起共进晚餐的——她精神很好，看不出有什么不适，没承想竟然会突然死了。

　　萨特得去看维拉斯，这也是他的工作。

　　萨特步行往维拉斯家走去，这不只是因为路程不远，而是，萨特需要有时间考虑一下，到了那里，自己说什么？做什么？自己对他能有什么帮助？这不同于准备一次布道，因为准备布道有较多的时间，也有书籍可以参考。维拉斯刚刚还和自己在一起谈笑风生，而现在他的妻子，他的伴侣与挚爱，也是他孩子们的母亲，死了！虽然作为神父，在这种时候出现，是萨特的工作，但萨特真的不知道该说什么好。

　　所以，整个晚上，萨特几乎都处于这种手足无措的状态之中，他始终缄默无语。萨特和维拉斯在起居室里一坐就是几个小时，两个人谁也不说话。其间，萨特只是例行公事般地念了几句祷告词。这是他第一次遇到生离死别的事情，不知道该说些什么。

萨特回家的时候天已经亮了。他颓丧极了：一个神职人员，在别人遭受失去亲人的痛苦时，竟然袖手旁观无能为力，他为此而自责。

两年以后，萨特接到调令，要去另一所教堂担任神父。得知萨特要离开的消息后，许多教民前来与他道别。在这些人当中，萨特见到了维拉斯。维拉斯握住他的手，泪流满面，说："萨特，没有你，那晚我肯定挺不过来。"

当然，萨特很快就明白了对方说的"那晚"指的是什么事情，但他不明白为什么那晚没有他维拉斯就"挺不过来"。那个晚上自己明明是那么无用，那么无能，什么也做不了；也就是那个晚上，萨特痛苦地认识到，自己的语言是多么苍白，力量是多么渺小，既不能让死者复生，又不能让生者感到慰藉。但是，对于维拉斯来说，那晚正是由于有了萨特，他才"挺"了过来。为什么同样的事，他们却有不同的记忆？

心灵 寄语

帮助别人时所做的事情，自己可能会认为是微乎其微，但对于那些你得到过帮助的人来说，却是他们永生难忘的。

中秋不孤单

雅 枫

在小韦10岁那年的中秋节当天，他正住在城里一家医院的免费病房里，准备第二天进行整形外科手术。他知道以后的12个月里不能外出，要忍受疼痛，等待伤口复原。他的父亲已经过世，只有相依为命的母亲和他住在一间小公寓里，接受社会福利救济。但是那一天，母亲不能来看他。

小韦觉得十分孤单、绝望和恐惧。他知道母亲一个人在家为他担心，而且没有人陪她，没人同她一起吃饭，甚至她没有钱买一块像样的月饼。

泪水涌进小韦的眼里，他把头埋在枕头和棉被下面，尽量不使自己哭出声来。但他实在太伤心了，因此哭得整个身体都颤抖不已。

有位年轻的实习护士听到啜泣的声音，急忙跑过来，她掀掉棉被，擦去小韦脸上的泪水，然后告诉小韦："我今天得留在医院工作，不能和家人在一起过中秋，所以也感到很孤单。你愿不愿意和我一起吃月饼呢？"

随后，护士拿了两块月饼。她同小韦聊天，让他不至于感到害怕，一直到下午4点换班的时候才离开。她在晚上11点钟又回来了，陪小韦赏月、聊天，直到小韦睡下了才离开。

这件事虽然已过去了好多年，可是那位护士的音容笑貌至今还铭刻在小韦的心中，只要想起她，小韦就会感到一种深切的温情和关怀。

心灵寄语

人在孤单的时候，最需要的就是有人来慰藉自己的心灵，那是比一切东西都要大的恩惠。

被风吹倒的大树

语 梅

很小的时候，我和一群淘气的小伙伴在我家庭院的一棵梧桐树干里嵌进了一个鸡蛋大小的石块。没想到两个多月后，我们再去取那个石块时，费尽了九牛二虎之力，却怎么也取不出来了。

没办法，我们就只好眼睁睁地看着那个石块长在那棵梧桐树的树干里了。后来，石头裸露的部分越来越少了。几年后，那块石头竟完全被裹在了梧桐树靛青色的树干里。站在树下，已经一点儿也看不到石头的踪影了。而且，包裹起石头的那一段梧桐树皮，明净、光滑、完好如初，一丁点儿的伤痕都没有。我高兴地跟祖父说："那块石头一点儿也没影响这棵梧桐树的生长。"

祖父摇着头叹息说："伤疤结在树心里了。总有一天，这个伤疤会害掉这棵树的。"我一点儿也不相信祖父的话。看着那棵梧桐树那么茂盛地成长，看着它一年一年地变得粗壮、高大起来，我根本不觉得那个石块能害掉一棵那么粗壮的树。

十多年后的一天夜里，刮起了大风。

第二天早晨，我诧异地发现院子里的那棵梧桐树被风刮断了，断树把树旁的柴屋都砸塌了。我大吃一惊：一棵那么粗的树，怎么会被一场大风吹断了呢？

我仔细一看才发现，那棵梧桐折断的地方，正是我们嵌进石块的地方。在白森森的断裂处，那块石头若隐若现地裸露着。

父亲叹息说："如果这伤只是在树皮上，那倒没什么，但可惜的是它伤在树心里了。"

如果一个人的内心受到了伤害，那会比身体受到伤害更加难以愈合。

难以名状的味道

采 青

　　初尝鸡蛋酱是到离家二十多里的县城上初中那年，因为离家远，中午只能带饭，我的同桌阿伟家住县城，一天，她执意拉我去她家吃饭，记得那时的阿伟妈在我眼里像个女干部，齐耳短发，看起来比我妈妈年轻多了，但她态度很冷，这使我感到很不安。吃饭时，阿伟一家四口人和我围坐在饭桌前，饭菜虽然简便，但对于当时的我来讲却是绝对的丰盛，别的菜已不记得了，而对饭桌中间的那碗鸡蛋酱却记忆犹新，长到13岁的我好像头一次吃到那么香的鸡蛋酱，鸡蛋一小块一小块地掺在酱里，闻着就有一种特殊的香味，更别说吃在嘴里了。看着阿伟和她妹妹不断地去夹鸡蛋酱，我也忍不住把筷子往酱碗里伸，这时没想到的事发生了——我夹的一块鸡蛋酱不小心掉在了桌子上，虽然没人说什么，但用眼睛的余光我分明看见了阿伟妈鄙视地瞟了我一眼，这让我顿时不知所措，我把筷子慢慢收回来，再没敢去夹鸡蛋酱，而剩下的饭也不知是怎么吃完了的。

　　我想，如果没有夹掉鸡蛋酱的小插曲，那的确是一顿不错的午餐。记得很长一段时间，想起鸡蛋酱我就暗暗发誓：不就是一碗鸡蛋酱嘛，有什么了不起，将来我一定要想吃就能天天吃上鸡蛋酱。

许多年过去了，如今的我已过上了比较富足的生活，对于鸡蛋酱的辛酸记忆早已淡然，而我尝试过各种做法的鸡蛋酱，但无论怎么做，总觉得鸡蛋酱里有一种说不出的又咸又苦的味道，始终找不到当年那碗鸡蛋酱的余香。

心灵 寄语

即便现在鸡蛋酱做得比当年香上百倍，但总觉得不如第一次吃的时候味道香。这是因为一旦心灵受到了伤害便很难再回到从前的感觉。

妈妈的存折

芷安

　　每个星期六的晚上，小丽的妈妈都会坐在擦干净的饭桌前，皱着眉头归置爸爸小小工资袋里的那点儿钱。

　　钱分成好几摞。"这是房租费。"妈妈嘴里念叨着，把大的银币摞成一堆。

　　"这是水电费。"又是一摞银币。

　　"你爸爸的鞋要打个掌子。"妈妈又取出一个小银币。

　　"老师说这星期我得买个本子。"小丽的哥哥提出。

　　妈妈脸色严肃地又拿出一个5分的镍币或1角银币放在一边。

　　小丽和哥哥眼看着那钱堆变得越来越小。最后，爸爸总是要说："就这些了吧？"妈妈点点头，大家这才可以靠在椅子背上松口气。然后，妈妈会抬起头笑一笑，轻轻地说："好，这就用不着上银行取钱了。"

　　小丽觉得，妈妈在银行里有存款，真是件了不起的事，这给人一种暖乎乎的、安全的感觉。别的孩子都因为家里没钱而时常忧心忡忡；而小丽和哥哥却很踏实地一心扑在学习上——因为妈妈有存款，无须为经济问题发愁！

　　小丽的哥哥中学毕业后想上商学院。妈妈说："好吧。"爸爸也点头表示同意。

大家又急切地拉过椅子聚到桌子面前。小丽把那只漆着鲜艳颜色的盒子拿下来，小心翼翼地放在妈妈面前。那盒子是他们家的"小银行"。它和城里大银行的不同之处在于有紧急情况需要用钱时就拿这里面的钱。

小丽的哥哥把上大学的各类花销——学费以及书费列了一张清单。妈妈对着那些写得清清楚楚的数字看了好大一会儿，然后把"小银行"里的钱拿出来数，可是不够。

妈妈闭紧了嘴唇，轻声说："最好不要动用大银行里的钱。"

全家人一致同意。

小丽的哥哥提出："暑假我到街上的副食商店去干活儿。"

妈妈对他赞赏地笑了一笑。她慢慢地写下了一个数字，加减了一番。爸爸很快地心算了一遍："还不够。"他把烟斗从嘴里拿下来端详了好一会儿之后，说道："我戒烟。"

妈妈从桌子这边伸出手，无言地抚摸着爸爸的袖子，又写下了一个数字。

又一次避免了动用妈妈的银行存款，小丽心里感到很踏实。

就这样经过一番精打细算，即使出现一些大的额外开销，妈妈也多不让小丽他们操心。大家一起出力干活儿，使得去大银行取钱的事一再拖延。

把沙发搬进厨房全家人都没有意见，因为这样才可以把前面一间房子租出去。

在那段时间里，妈妈到邻居家的面包房去帮忙，得的报酬是一大袋发霉的面包和咖啡蛋糕。妈妈说，新鲜面包对人并不太好。咖啡蛋糕在烤箱里再烤一下吃起来和新出炉的差不多。

爸爸每天晚上到奶制品公司刷瓶子。老板给他3升鲜牛奶，发酸的牛奶随便拿。妈妈就把酸了的奶做成奶酪。

后来，社会经济状况好转，爸爸涨工资了。那天妈妈的背似乎也比平时直了一点儿。她自豪地环顾着我们大家，说："太好了，怎么样？我们又顶住了，没上大银行取钱。"

再后来小丽的哥哥和小丽也先后上班了。

领到第一个月的工资以后，小丽急忙跑到妈妈家里。她把那沓沉甸甸的钞票放在妈妈的膝盖上，对她说："这是给您的，放在您的存折上。"

她把钞票在手里捏了一会儿，笑着说："我哪里有什么存款？我活了一辈子，从来没有进过银行的大门。"

心灵寄语

只要有一种信念，有一种追求，那么，什么艰苦都能忍受，什么环境也都能适应。

天使的微笑

　　原来，那个路人是一个富豪，一个不是很快乐的有钱人。他脸上的表情一直是非常冷酷而严肃的，整个小镇根本没有人敢对着他笑。他偶然遇到这个小女孩儿，对着他露出真诚的微笑，使他心中不自觉地温暖了起来，把他尘封了不知多少年的心扉打开了。

改变一生的故事

佚 名

　　萨克小时候是个十分贪玩的孩子。他的母亲常常为此忧心忡忡，母亲的再三告诫对他来讲就如同耳边风。

　　直到16岁的那年秋天。

　　一天上午，父亲将正要去河边钓鱼的萨克拦住，并给他讲了一个故事，正是这个故事改变了萨克的一生。父亲讲的故事是这样的：

　　"昨天，我和咱们的邻居杰克大叔去清扫南边工厂的一个大烟囱。那烟囱只有踩着里边的钢筋踏梯才能上去。你杰克大叔在前面，我在后面。我们抓着扶手，一阶一阶地终于爬上去了。下来时，你杰克大叔依旧走在前面，我还是跟在他的后面。后来，钻出烟囱时，我发现了一件奇怪的事情：你杰克大叔的后背、脸上全都被烟囱里的烟灰蹭黑了，而我身上竟连一点儿烟灰也没有。"

　　萨克的父亲继续微笑着说："我看见你杰克大叔的模样，心想我肯定和他一样，脸脏得像个小丑，于是我就到附近的小河里去洗了洗。而你杰克大叔呢，他看见我钻出烟囱时干干净净的，就以为他也和我一样干净，于是就只草草地洗了洗手，就大模大样地上街了。结果，街上的人都笑痛了肚子，还以为你杰克大叔是个疯子呢。"

萨克听罢，忍不住和父亲一起大笑起来。父亲笑完了，郑重地对他说："其实，谁也不能做你的镜子，只有自己才是自己的镜子。拿别人做镜子，只有白痴或许会把自己照成天才的。"

从此，萨克决定离开那群顽皮的孩子们，他要用自己做镜子，时时来审视和映照自己。

心灵 寄语

我们同别人相比，自己永远看不到真实的自己，我们要自己同自己相比，这样才可以知道自己真正的样子。

守时的信誉

碧 巧

1779年，德国哲学家康德计划到一个名叫珀芬的小镇去拜访老朋友威廉·彼特斯。康德动身前曾写信给彼特斯，说自己将于3月2日上午11点之前到达。

康德3月1日就赶到了珀芬小镇，第二天早上租了一辆马车前往彼特斯的家。老朋友的家住在离小镇12英里远的一个农场里，小镇和农场中间隔了一条河。当马车来到河边时，细心的车夫说："先生，实在对不起，不能再往前走了，因为桥坏了，很危险。"

康德下了马车，看了看桥，中间的确已经断裂了。河面虽然不宽，但水很深，而且结了冰。

"附近还有别的桥吗？"康德焦急地问。

车夫回答说："有，先生。在上游6英里远的地方还有一座桥。"

康德看了一眼怀表，已经10点钟了。

"如果赶那座桥，我们以平常的速度什么时候可以到达农场？"

"我想大概得12：30分。"

康德又问："如果我们经过面前这座桥，以最快的速度什么时间能到达？"

车夫回答说："最快也得用40分钟。"

康德跑到河边一座很破旧的农舍里，客气地向主人打听道："请问您的这间房子要多少钱才肯出售？"

农妇大吃一惊："您想买如此简陋的破房子，这究竟是为什么？"

"不要问为什么，您愿意还是不愿意？"

"那就给2法郎吧！"

康德付了钱，说："如果您能马上从破房上拆下几根长木头，20分钟内把桥修好，我就把房子还给您。"

农妇把两个儿子叫来，让他们按时修好了桥。

马车平安地过了桥，然后飞奔在乡间的路上，10点50分康德赶到了老朋友的家。

在门口迎候的彼特斯高兴地说："亲爱的朋友，您可真守时啊！"

康德在与老朋友相会的日子里，根本没有对其提起为了守时而买房子、拆木头修桥过河的事情。

后来，彼特斯在无意中听那个农妇讲了此事，便很有感慨地给康德写了一封信。信中说道："您太客气了，总是一如既往地守时。其实，老朋友之间的约会，晚一些时间是可以原谅的，何况您还遇到了意外。"

一向一丝不苟的康德在给老朋友的回信中写了这样的一句话："在我看来，无论是对老朋友，还是对陌生人，在一定意义上可以说，守时就是最大的礼貌。"

遵守时间是一种美德，也许你看时间不是很在意，但对于等你的朋友来说却是很珍贵的。

最高兴的一瞬间

雁 丹

玛格丽在一家百货公司买东西。刚踏上向下移动的自动扶梯时，她便注意到梯边站着一个六十多岁的老妇人。她的表情告诉玛格丽，她心里非常害怕。

"要我帮忙吗？"玛格丽转过身问。

老妇人点点头。

等玛格丽回到她身边，她又改变了主意："我恐怕不行。"

"我可以扶着您。"

她低头看着那"怪物"，梯级不断形成、消失，形成、消失，显得犹疑不决。

玛格丽感到，老妇人那突如其来的恐惧，是因为自动扶梯是不通人性的机械。玛格丽把这一点向她挑明，她跟着点点头。玛格丽轻轻抓起她的手背："走吧，好吗？"

开始老妇人还是有点儿恐惧，但当自动扶梯载着她们向下移动时，她稍微松弛了一点儿。等接近梯底时，她再度加大力气抓住玛格丽的手，最后她们安然到达了楼下。

　　"我非常感谢……"老妇人的声音微微有些颤抖。

　　"没什么，"玛格丽说，"能替您效劳，我十分高兴。"

　　那是好几个星期以来玛格丽最愉快的一刻。她在帮助那位老妇人时，觉得自己的心灵纯洁、健全，觉得自己的人生充满了意义。

心灵寄语

　　玛格丽帮助了老妇人，使自己感受到了人生的意义，也让老妇人得到了方便，所以帮助别人，既能够美化自己的心灵，又使别人得到方便。

一个简单的希望

冷　柏

　　艾米·汉格德恩绕过教室对面那个大厅拐角的时候，与迎面走过来的一个五年级男生撞了个正着。

　　"小心点儿，小家伙。"那男孩儿一边闪身躲避这个三年级的小学生，一边冲着她大声吼。当他看清眼前的女孩儿时，脸上露出了一丝讥笑的神色。然后，他用手握住自己的右腿，模仿起艾米走路时的样子来。

　　艾米闭上了眼睛，她告诉自己，不要理睬他。

　　可是直到放学以后，艾米仍然想着那个高个子男孩嘲笑她的样子。他并不是唯一取笑她的人，自从艾米进入三年级，似乎每天都有人嘲笑她。孩子们取笑她说话时结结巴巴和走路时一瘸一拐的样子。因此，艾米时常感到非常孤独，尽管教室里坐满了学生。

　　那天晚上，艾米坐在餐桌边吃饭的时候，一言不发。母亲知道艾米肯定又在学校里遇到不如意的事情了，因此，她很高兴自己能有一些令人兴奋的消息告诉艾米。

　　"电台为迎接圣诞节举行了一个希望竞赛，"母亲宣布道，"写一封信给圣诞老人，也许会得奖。我想，现在坐在这张餐桌旁边的某个长着金色鬈发的人应该去参加。"艾米咯咯地笑起来，她感觉这个竞赛听起来很有趣，于是开始考虑自己最想要的圣诞礼物是什么。当一个好主意在她头脑里浮现的时候，艾米的嘴角露出一丝微笑。她拿出铅笔和纸，开始写信。

亲爱的圣诞老人：

　　我的名字叫艾米，今年9岁。我在学校里遇到了一点儿麻烦，您能帮助我吗，圣诞老人？孩子们都嘲笑我走路、跑步和说话的样子，我患了大脑麻痹症。我只想过上一种不被嘲笑或者取笑的日子……

　　当艾米的信到达电台的时候，经理利·托宾把它仔细地阅读了一遍。他认为，让韦恩堡的市民们听听这个特殊的三年级小女孩儿及她不同寻常的希望是非常有益的。于是托宾先生给地方报社打了一个电话。

　　第二天，艾米的一幅照片和她写给圣诞老人的信便登在了地方报纸的头版上。这个故事很快传播开来，全国各地的报纸、电台和电视台都对印第安纳州韦恩堡市的这个故事进行了报道。在那个难忘的圣诞期间，全世界有两千多人向艾米寄来了表示友谊和支持的信。

　　艾米看见了一个真正充满关爱的世界，她的希望也确实实现了。

　　那一年，韦恩堡市的市长正式向市民宣布12月21日为艾米·汉格德恩日。市长解释说，因为敢于提出这样一个简单的希望，艾米给了全人类一个有益的教训。

　　人们往往把能够得到很多金钱和无休止的贪欲寄托于自己的希望，而不看重一些微不足道的小愿望，这样他们往往会丧失自己的本性。

一件小善事

芷 安

希拉·凯茵饱受纤维肌肉瘤之苦。超常的体重，使她的行动严重受阻。但她压根儿没想到，几位好心的陌生人让她第一次发现了自己的个人魅力并让她重新找回了信心。

凯茵在网上发现了一个专为妇女减肥的网站。一个大约由15个成员组成的小组几个月来一直与凯茵保持着密切联系，细致耐心地教给她减肥的有效方法，并与她交流各种心得，这使凯茵一下减了45千克多。当此网站计划在芝加哥主持一个大会的消息传来时，凯茵的身体已强壮得足以出行，但受限于她的财力状况而只好放弃去参加这次大会。

几位凯茵的网友，她们以教母自称而不愿透露自己的真实姓名，慷慨而悄无声息地为凯茵捐助了她此行所需要的一切费用。凯茵从来不知道她们的姓名，但她心里明白是她们赞助了她并承认她所取得的成果。

"我简直不能相信，"凯茵回忆道，"这简直就像个童话故事。"

减肥小组的主要发起人觉得帮助凯茵有更深远的意义："我所接受的教育不多，但我总是梦想长大以后能够成为一个对别人有所助益的，对别人如仙女般温柔的教母。"

耕耘善意并不需要夸张或是策略性的计划，日常生活中的小善事是很容易做到的。做一件不经意的小善事，你就会发现，你会感觉非常快乐！

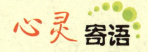

做一件大的善事不一定很难，难的是将一些小的善事持之以恒地做下去。

一件被忽视的东西

向 晴

2003年的母亲节，在华盛顿大学的校园网上贴出了这么一张问卷——你从母亲那儿继承了什么？

为了吸引人们回答它，他们还在打开问卷的地方做了一幅小小的动画：一位老太太注视着一个金鱼缸，缸中一只大白鲨正在鱼群中游动，你一点击，它就吃掉一条小金鱼，并传出一句话："任何会动的东西，都是我的猎物。"

起初，大家认为这幅动画是随便设计的，点击后才知道，注视鱼缸的老太太是华盛顿大学的董事长——比尔·盖茨的母亲玛丽·盖茨，大白鲨的那句话是她儿子的名言。那句话在2001年对微软公司的反垄断诉讼中，曾被联邦法院反复引用过。

他们之所以用这幅动画作引子，据说是为了纪念他们的董事长，因为前不久她去世了，但同时也给网站访问者一个暗示："只要你回答这个问题，我们就告诉你比尔·盖茨是怎样回答的。"

众所周知，比尔·盖茨是连续多年的世界首富。他大学没毕业就去创业了，在短短20年的时间里，聚集了巨额的私人财富。这样一位旷世奇才，他从母亲那儿继承了什么？或者说，他母亲给了他什么？对这样的问题，谁不感兴趣呢？

马克打开问卷，发现访问者果然很多。在他点击它的时候，已有将近8万位网友点击，并回答了他们的问题。

为了知道比尔·盖茨的母亲给儿子留下的秘籍，马克按要求填上了来自自己母亲的品性——虔诚。点击"发送"之后，眼睛还没来得及眨一下，就弹出一句话，说："OK！你和比尔·盖茨一样从母亲那儿继承了同样的东西。"

正当马克以为上当受骗的时候，一个画面出现在屏幕上。它是一张实物问候卡影印件，是比尔·盖茨在1975年母亲节时寄给他妈妈的，这一年，他在哈佛大学读二年级。比尔·盖茨在卡上用斜体英文写着这么一段话："我爱您！妈妈，您从来不说我比别人差；您总是在我干的事情中不断寻找值得赞许的地方；我怀念和您在一起的所有时光。"

原来，这位独步天下的天才富翁从他母亲那儿得到的是一份被许多母亲忽视了的东西：赏识。

一个人可以得到别人的赏识是他最值得高兴的事，尤其是得到自己母亲的赏识，然而，现在很多母亲都忽略了对自己孩子的赏识。

相信别人

慕 菡

马克是一个德性不好的人，好吃懒做不算，还有偷偷摸摸的习惯，因此所有人都很讨厌他，另外，他借了别人钱不还不算，还总是拿去赌博。因此，周围所有的人几乎没人再借钱给他，当他想做个小买卖时都没有钱。于是，他跑到一家远房亲戚家借钱，那是他第一次向她张口借钱，他以为她还不知道自己的底细呢。

马克很顺利地拿到了钱，而在转身要走的一刹那，她叫住了他："曾有人打电话告诉我说你不会还钱，让我不要借给你，但我相信你不是那样的人，也许他们对你有误解。"

在听到这句话之前，他是准备拿这1000块钱去赌博的，赢了就吃喝玩乐，输了就再找别人借。但这句话给了他很大的震动，他没有说话，关上门走了。然后他离开了家乡，到外地打工去了。

半年后，他的亲戚收到了他从外地寄来的1000块钱。

三年后，马克衣锦还乡，把从前欠的钱全部还清了。

从那次借钱开始，他知道自己应该有另一种人生，他要让人家对他信任，他再也不愿做骗子了，是那个亲戚的信任让他从此翻开了人生的另一页。

做错事并不可怕，可怕的是知错不改，而敢于改过自己的错误，就证明是一个勇敢的人。

特殊的礼物

凝 丝

卡丽上小学的时候，父亲是新英格兰一个小镇的补鞋匠。每天放学以后，她都会沿着大街走到父亲的小店去帮忙，她的工作是将顾客送来的鞋贴上标签，然后把取鞋票交给他们。卡丽不时透过玻璃窗望一望外面的世界。大多数路过的人会向她挥挥手，她也向他们致意。但是有一个人例外，他一直都回避她的眼睛。

大家叫他棕衣人布朗宁。因为不论春夏秋冬，他总是戴着一顶棕色的羊毛帽子，穿一件棕色的破夹克，磨损的袖子油亮亮的。他白天在街上游荡，到了快打烊的时候，卡丽他们的钱匣子也满了，而这时卡丽敢肯定，他会来占父亲的便宜。

一天，眼见闹钟一点一点地移向关门的时间，卡丽突然看见棕衣人布朗宁向小店走来。卡丽看了看自己的表：5点30分。于是她急忙把窗口的牌子从"营业"换成了"休息"，希望这样可以阻止他进来。但是棕衣人布朗宁还是推门走了进来。

他用干瘦的手推了推破烂的帽檐，走过柜台。卡丽可以看到他脸上布满了深深的皱纹。他潮湿的破夹克散发着落水狗的气味。卡丽转过身去，整理着架子上的鞋。他径直走到后面，这时父亲刚刚关上机器，便听见棕衣人布朗宁用低沉的声音说："这几天我的手头儿有些紧，你看能不能借几个子儿给我买点儿吃的？"父亲放下手里的工具，走到卡丽所站的柜台边。

"对不起，宝贝儿。"父亲说。他打开钱匣子，拿出了两张一元的票子，将它们递给了棕衣人布朗宁，"别喝酒，布朗宁，"他严厉地说，"给孩子们买一点儿牛奶和面包。"布朗宁点点头，抓紧了爸爸递过去的钱。然后父亲把布朗宁送到门口，看见他确实走进了街对面的杂货店。父亲站在那儿很长时间，直到看见布朗宁手里提着一桶牛奶和一袋面包从店里出来，才转身回到小店。

在父亲鞋店工作的那些年里，卡丽看见过很多次这样的情景。10次？30次？100次？为什么父亲从不抱怨？他肯定从来没有收回过布朗宁"借去"的钱。卡丽成年以后，父亲也退休了，她才问他："爸爸，那时您为什么老是借钱给布朗宁？您知道您借给他的每一分钱，对他来说不过是又多了一分酒钱。难道您不觉得他是在占您的便宜吗？"

父亲在餐桌旁坐了下来，他盯视了女儿好一会儿，才说："我从来就没有期待布朗宁会还我的钱。很早我就决定，我不是借钱给他，在我的心里是把钱给他。如果他说是借钱，那是他的事。但是，对于我来说，我是把钱作为礼物送给他的。"

"我估计那对您来说更简单一些。"卡丽微笑了，想起了在父亲的小店，从来没有详细的账本。

"卡丽，"父亲说，"当你做好事的时候，不要总是想着得到回报。"

当你去帮助别人的时候不要总想着回报，因为一个人的爱心是无法用金钱去衡量的。

天使的微笑

芷安

美国加州有一位6岁的小女孩儿，在一次偶然的机会中，遇到一个陌生的路人，陌生人一下子给了她4万美元的现款。

一个小女孩儿突然得到这么大金额的馈赠，消息一传出去，整个加州都为之疯狂骚动起来了。

记者纷纷找上门来，访问这个小女孩儿："小妹妹，你在路上遇到的那位陌生人，你认识他吗？他是你的一位远房亲戚吗？他为什么会给你那么多的钱？4万美元，那是一笔很大的数目哇！那位给你钱的先生，他是不是脑子有问题……"

小女孩儿露出甜美的微笑，回答："不，我不认识他，他也不是我的什么远房亲戚，我想……他脑子应该也没有问题！他为什么给我这么多钱，我也不知道哇……"尽管记者用尽一切方法追问，但仍然无法一探究竟。

最后，小女孩儿的邻居和家人试着用小女孩儿熟知的方法来引导她，要她回想一下，为何那个路人会给她这么多钱。

这位小女孩儿努力地想了又想，大约过了10分钟，她若有所悟地告诉父亲："那一天，我刚好在外面玩，在路上碰到那个人，当时我对他笑了笑，就只是这样呀！"

父亲接着问道："那么，对方有没有说什么话呢？"

小女孩儿想了想，答道："他好像说了句：'你天使般的微笑，化解了我多年的苦闷！'爸爸，什么是苦闷哪？"

原来，那个路人是一个富豪，一个不是很快乐的有钱人。他脸上的表情一直是非常冷酷而严肃的，整个小镇根本没有人敢对着他笑。他偶然遇到这个小女孩儿，并对着他露出真诚的微笑，这使他心中不自觉地温暖了起来，把他尘封了不知多少年的心扉打开了。

于是，富豪决定给予小女孩儿4万美元，这是他对那时候他所拥有的那种感觉所定出的价格！

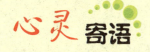

心灵寄语

当你用冷酷又严肃的表情去对待他人的时候，别人对你也不会露出愉快的表情，所以，我们要时刻带着天使般的微笑去对待他人。

难得的礼物

沛 南

雪后的一个冬日，刘先生和女友一起去美国新泽西的超市。这是情人节的前夕，他们彼此都想买点儿什么送给对方。

他们穿梭于一排排的货架中，突然在一只小白熊前他们停住了，对情人节来说，这可是个难得的好礼物。小熊洁白的皮毛不正象征着爱情的纯洁与永恒吗？而它那顽皮逗人的神情又意味着爱情的欢欣和快乐。因此，刘先生选中它作为送给她的礼物。

付款时，他从口袋里掏出了一大把硬币，点过后，开始整理着。

"嗨，整理它干什么，一把付给她就是了。"女友说。

"给人以方便嘛。"他半开着玩笑。

"哼。"她不以为然。

屋外，一个银色的世界。厚厚的积雪掩去了暴露于世的污垢，留得一片洁净，像是进入了天国。

他们走在积雪上，吱吱声响由脚下泛起，热烈而欢快，伴随着他们行进的步伐。

刚才的那一幕却还萦绕在刘先生的心头，这使他想起一件旧事……

5岁那年，妈妈开始教他学中文。汉字的读和认并不难，没过多久他就能读认好多汉字了。

但是他怎么也不能掌握写好它的技巧。他写的字不是上下脱节就是左右分家，很难合到一块儿去。一天，妈妈让他抄一首唐诗，他把"相"写成了"木目"，还把"难"写成了"又佳"。让人感觉所有的部首都互不相让、各自为政似的。

"你知道为什么会这样吗？因为你写字时从不想着其他的部分。写汉字的原则是：要时时想着它的邻居。就像写这个'相'字吧，你写'木'字时就不能把右脚伸得太长，因为它还有个邻居。"妈妈一边在纸上写字，一边讲着这样的道理，"'凡事替他人想'，这是我们中华民族的传统美德，写汉字也是同样的道理。"

他学会了写汉字，便学会了如何去做个真正的中国人。

刘先生把这个故事告诉了女友。

她手里摆弄着那只小白熊，心不在焉地听着。

故事说完了。他们陷入一阵沉默。忽然她停下脚步，无限深情地望着他，双手慢慢举起那只小白熊贴到他脸上。

"谢谢你。"她柔声说道，"这是我收到的最好的情人节礼物。"

心灵 寄语

凡事都要替他人着想，只有这样，我们的世界才会多姿多彩。

学会自己负责

冷 薇

　　在一次因为战乱而逃难的人潮当中，有一位身体虚弱的母亲，和她那只有3岁的小孩儿。

　　难民潮靠着步行缓慢地向边境移动，酷热的太阳恶毒地在每一个难民的头上肆虐。难民们拖着蹒跚的步伐，一步一步向前走，不知道自己什么时候会倒下。

　　那位虚弱的妈妈终于支撑不下去了，她抱着她的小孩儿，找到了难民潮当中的一位神父。然后这位可怜的母亲苦苦地哀求神父帮她照顾她的小孩儿，因为她觉得自己绝对无法撑到边境。

　　神父略懂医道，在简单地检查了这位妈妈的身体状况后，他发现她的体力尚可，便断然拒绝了这位妈妈。神父说："你自己的孩子，当然要由你自己负责，我无法代劳！"虚弱的母亲听到神父这般无情的拒绝，不由得十分愤怒，转身抱着自己的孩子，回到了难民潮的队伍当中。

　　一天天过去了，这群难民终于步行到了边境，通过国际红十字会的照顾，在难民营中，每个人至少有了最起码的安身之处。

　　这时候，神父来探望这位身体已经恢复的母亲。神父看到她，欣慰地说：

"幸好我没有接下你托孤的任务，所以今天才能看到你们母子都平安……"

充满智慧的神父，在最危急的时刻，让这位可怜的母亲激发出了无穷的潜能。

心灵 寄语

责任可以让我们将事情做完整，爱可以让我们将事情做好。只有心中充满责任感和爱的人，才会把事情做得完整和美好。

帮助别人

芷 安

哈蒙德夫人是个年迈的盲人，但她决心不依赖他人，每日黄昏她都会独自外出散步，以锻炼身体并呼吸新鲜空气。她用一根手杖触摸四周物体，日子久了，便对它们的位置了如指掌，因此她从未迷过路。

但有一天，有人砍倒了长在她散步必经的某条小路旁边的一些松树，于是黄昏散步时，她的手杖触不到这些熟悉的松树，这下子她可碰到麻烦了。

她停了下来，凝神静听了一会儿，却听不到有其他人的声音，然后她就又往前走了一两千米，此时她听见脚下有流水声。

"水？"她叫了起来，止住脚步，"我迷路了吗？大概是吧。现在我十有八九站在一座桥上，而且脚下肯定是条河。记得有人曾告诉我这个地带有条河，但我不知道它的确切位置。我怎样才能从这儿回到我的小屋去呢？"

突然，她听到旁边传来一名男子的友好问话声："打扰了，我能帮您点儿什么忙吗？"

"您心地可真好！"哈蒙德夫人说，"好哇，那我就不客气了。我每天傍晚散步时认路的一些树被伐倒了，要不是这么幸运地碰见您的话，我真的不知道该怎么办才好。请您帮我回家，好吗？"

"当然可以，"那男子答道，"您住哪儿？"

哈蒙德夫人将地址告诉了他，然后他们上路了。那名男子带她回小屋后，老人邀他进来坐坐，并请他喝咖啡、吃糕点。她向他表示了深深的谢意。

"别谢我，"他答道，"我还想谢您呢！"

"谢我？"哈蒙德夫人十分惊讶，"这到底是为什么？"

"哦！"那男子平静地答道，"实不相瞒，遇到您之前，我在黑暗中已站在那座桥边很久很久了，因为我下定决心跳到河里把自己淹死算了，但现在我再也不想这么做了。"

心灵 寄语

帮助一个人，不仅方便他人，也可以让自己得到更大的快乐，而那种力量同样足以让一个失足者回心转意，寻找到属于自己的光明。

难以磨灭的记忆

宛 彤

"喂，是《得克萨斯信使报》吗？我是贝德尔·史密斯！请立即记下：我永远难以忘记在俄勒冈州的这场经历，火山爆发……"

"怎么回事？"新来的编辑沃克问道，"喂，喂，接线员！"

"通往俄勒冈州的线路突然中断了，"电话局总机报告说，"我们马上派故障检修人员出发检查。"

"大概要多久？"

"哦，您得做好一两个小时的准备。您知道，线路是穿过山区的。"

"完了！"沃克神情沮丧地跌坐在他的软椅上。

"什么叫完了？！"主编怒气冲冲地说道，"您是一名记者，还是一个令人丧气的半途而废的家伙？！您不是已经收到报告了吗：俄勒冈州火山爆发！这一消息我们起码比《民主党人报》和《先驱报》早得到一小时。这下我们可要打他们一个措手不及了……今天下午当我们独家登出现场报道时，他们会嫉妒得脸色铁青的。"

主编从书柜里取出一卷百科全书，说道："我要让您看看这事该怎么做！

埃丽奥尔，请您做好口授记录的准备！现在，您这个也算是记者的人，过来瞧瞧吧！这儿：俄勒冈……海岸地带……山脉……有了，道森城这一带有几座已经熄灭的火山……"

"噢，看来是这里，您把地图拿过去，抄下四周区镇的地名。"

他跳了起来，猛地拉开通向印刷车间的门。

"希金斯！您马上过来！给我把头版的新闻全部撤掉！我要加进一篇轰动全国的报道！还有，这次要比平常提前一小时出报。"

他叼起一支香烟，大步地在屋里走来走去。

"您写下通栏标题：俄勒冈州火山爆发！电话联系中断！贝德尔·史密斯为《得克萨斯信使报》作独家现场报道。

"上午时分，在俄勒冈州地区出现了极为可怕的景象。有史以来一直十分平静的巨峰巴劳布罗塔里火山（名字以后可以更正）忽然间喷发出数英里高的烟云。就这么写下去——这里是有关火山爆发的资料描述，剩下的您就照抄好了，反正总是老一套。

"您让沃克把熔岩可能流经的区镇地名读给您听。别忘了写一写人，诸如一个在最后一瞬间被救出来的孩子啦，一个拖着小哈巴狗的老妇人啦，等等。

"最后，《得克萨斯信使报》呼吁各界为身遭不幸的灾民慷慨解囊。捐款者填好附列的认捐单，将钱款汇往指定的银行账号即可。若填上认捐单背面的表格，您同时还有机会以优惠价格订阅全年的《得克萨斯信使报》。这样您家里就有了一份消息最灵通的报纸了。通过报道俄勒冈州灾难这一事实即已雄辩地证明本报拥有最迅速、最可靠的信息来源。"

排字机嗒嗒作响，滚筒印刷机里飞出一页页印张，报童喊哑了嗓子，布法罗市的居民们从报童的手中抢过一份份油墨未干的报纸。转瞬之间，当天的报纸全部售完。

三小时后，通往俄勒冈的电话线路重新修复。电话铃响了，沃克、主编和女打字员同时拿起

耳机。

"喂！是《得克萨斯信使报》吗？"响起了贝德尔·史密斯的声音，"那好，请马上记录：我永远难忘在俄勒冈州的这场经历。火山爆发也不如此刻的吉米·布蒂德雷这般厉害，今晨他在富尔通拳击场频频出击，把俄克拉荷马的重量级冠军瓦尔特·杰克逊打得落花流水。在第三局中他以一连串的上勾拳、组合拳和凌厉而干净利索的直拳将对方击倒在地……喂……喂……您在听我说吗？您能听清楚我说的话吗？"

"请等一下，贝德尔，"沃克说道，"主编刚才晕过去了。"

心灵 寄语

新闻贵在真实。听风就是雨，只凭想当然，是急功近利导致的恶果。这个戏剧性的结局，真是没法叫人遗忘。

扔掉的机会

冷 柏

　　世界上的一家大图书馆被烧之后，只有一本书被保存了下来，但它并不是一本很有价值的书。之后一个识得几个字的穷人用几个铜板买下了这本书。这本书并不怎么有趣，但里面却有一个非常有趣的东西！那是窄窄的一条羊皮纸，上面写着"点金石"的秘密。

　　点金石是一块小小的石子儿，它能将任何一种普通金属变成纯金。羊皮纸上的文字解释说，点金石就在黑海的海滩上，和成千上万的与它看起来一模一样的小石子儿混在一起，也许"点金石"的秘密就在这儿，真正的点金石摸上去很温暖，而普通的石子儿摸上去是冰凉的。然后，这个人变卖了他为数不多的财产，买了一些简单的装备，在海边搭起了帐篷，开始检验那些石子儿。这就是他的计划。

　　他知道，如果他捡起一块普通的石子儿，并且因为它摸上去是冰凉的就将其扔在地上，他有可能几百次地捡拾起同一块石子儿。所以，当他摸着石子儿冰凉的时候，他就将它扔进大海里。他这样干了一整天，却没有捡到一块是点金石的石子儿。然后他又这样干了一个星期，一个月，一年，三年，但他还是没有找到

点金石。然而他继续这样干下去，捡起一块石子儿，是凉的，将它扔进海里，又去捡起另一颗，还是凉的，再把它扔进海里，又一颗……

终于有一天上午他捡起了一块石子儿，这块石子是温暖的……但是，他把它随手就扔进了海里。他已经形成了一种习惯，把他捡到的所有石子儿都扔进海里。他已经如此习惯地做扔石子儿的动作，以至于当他真正想要的那一颗点金石到来时，他还是将其扔进了海里！

心灵 寄语

习惯的养成犹如纺纱，一开始只是一条细细的丝线，随着我们不断地重复相同的动作，就好像在原来那条丝线上不断缠上了一条又一条的丝线，到最后它便成了一根粗绳，进而把我们的思想和行为给缠得死死的。

美德才是至宝

　　我已经很久不去追求这些宝贝了，但是我身上也有贵重的宝贝，它的价值绝不只值数十万，而且水不能淹没它，火也烧毁不了它，风吹日晒全都无法损坏它。用它可以使天下安定；不用它则可以使我自身舒适安然。

别把自己太当回事

凝 丝

布思·塔金顿是20世纪美国著名小说家和剧作家，他的作品《伟大的安伯森斯》和《爱丽丝·亚当斯》均获得普利策奖。在塔金顿最鼎盛的时期，他在多种场合讲述过这样一个故事：

那是在一个红十字会举办的艺术家作品展览会上，我作为特邀的贵宾参加了展览会。其间，有两个可爱的十六七岁的小女孩儿来到我面前，虔诚地向我索要签名。

"我没带自来水笔，用铅笔可以吗？"我其实知道她们不会拒绝，我只是想表现一下一个著名作家谦和地对待普通读者的大家风范。

"当然可以。"小女孩们果然爽快地答应了，我看得出她们很兴奋，当然她们的兴奋也使我倍感欣慰。

一个女孩儿将她非常精致的笔记本递给我，我取出铅笔，潇洒自如地写上了几句鼓励的话语，并签上我的名字。女孩看过我的签名后，眉头皱了起来，她仔细看了看我，问道："你不是罗伯特·查波斯啊？"

"不是，"我非常自负地告诉她，"我是布思·塔金顿，《爱丽丝·亚当斯》的作者，两次普利策奖获得者。"

小女孩儿将头转向另外一个女孩儿，耸耸肩说道："玛丽，把你的橡皮给我用用。"

我所有的自负和骄傲在瞬间都化为了泡影……

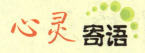

不要总自以为是，也许在别人眼里，你什么都不是。

不要把困难放大

宛 彤

1959年的夏天，罗伯特在一家餐馆打工，做夜班服务台值班员，兼在马厩协助看管马匹。

旅馆老板是瑞士人，他对待员工的做法是欧洲式的。因而，罗伯特和他合不来，觉得他是一个法西斯主义者，只想雇用安分守己的农民。

有一个星期，员工每天晚餐都是同样的东西：两根维也纳香肠、一堆泡菜和不新鲜的面包卷。伙食费还要从薪水中扣除。罗伯特对此异常愤慨。

整个星期都很难过。到了星期五晚上11点左右，罗伯特在服务台当班。当走进厨房时，他看到一张便条，是写给厨师的，上面的内容是告诉厨师员工还要多吃两天小香肠及泡菜。

罗伯特勃然大怒。因为当时没有其他更好的听众，所以他就把所有不满一股脑儿地向刚来上班的夜班查账员沃尔曼发泄。罗伯特说："我已经忍无可忍了！我要去拿一碟小香肠和泡菜，吵醒老板，再用那碟东西掷他。任何人都没有权利要我整个星期吃小香肠和泡菜，而且还要我付账。我讨厌吃小香肠和泡菜，要我再吃一天都难受！整家旅馆都糟透了！我要卷铺盖不干了……"罗伯特就这么痛骂了20分钟，还不时拍打桌子、踢椅子，不停地咒骂。

当罗伯特大吵大闹时，沃尔曼就一直安静地坐在凳子上，用忧郁的眼神望着他。沃尔曼曾在奥斯维辛纳粹德国集中营关过3年，最后才死里逃生。他是一名德国犹太人，身材瘦小，经常咳嗽。他喜欢上夜班，因为他孤身一人，既可以沉思默想问题，又可以享受安静，更可以随时走进厨房吃点儿东西——维也纳小香肠和泡菜对他来说可是美味佳肴。

"罗伯特，听我说，你知道你的问题在哪里吗？不是小香肠和泡菜，不是老板，也不是这份工作。"

"那么，我的问题到底在哪里？"

"罗伯特，你以为自己无所不知。但你不知道不便和困难的分别。若你弄折了颈骨，或者食不果腹，或者你的房子起火，那么你的确有困难。其他的都只是不便。生命就是不便，生命中充满种种坎坷。学习把不便和困难分开，你就会活得长久些，而且不会惹太多的烦恼。晚安。"

他挥手叫罗伯特去睡觉，那手势既像打发，又像祝福。

有生以来很少有人这样给罗伯特当头一棒。而那天深夜，沃尔曼的话使罗伯特茅塞顿开。

心灵 寄语

感恩是上天赐予人类最大的供物，也是人类祷告中最真诚的部分。

理智地面对悲剧

凝　丝

　　我在儿童医院做见习护士的第二年，爱上了吉米。他的眼睛呈淡淡的紫色，像满月的天空那么纯净；金色的卷发覆在像草莓一样红润的面颊上，他看起来就像教堂玻璃窗里的小天使。但是，实际上，他是一个可怜的、孤独的、内心充满恐惧的孤儿。虽然他患了传染性的疾病，可我还是非常喜欢他。当我为他哼唱着催眠曲的时候，心里想着："吉米，等我从护士学校毕业，我就想办法成为你的全职母亲。"

　　在度假期间，我为吉米这个小家伙买了几件可爱的玩具。假期一结束，我便匆匆忙忙地回去上班。在向住院部走去的路上，我急切地从吉米的窗户向里看。他的婴儿床被整理得干干净净，但是，床上却没有人。

　　"你们把吉米挪到哪里去了？"我问夜班护士。

　　"噢，他在星期六的夜里死了。你不知道吗？"

　　一个多么不经意的回答呀！我失魂落魄地走进护士休息室，在那儿，我任眼泪肆意地流淌。

"怀特小姐！"是斯蒂克贝小姐那冷峻严厉的声音，"上班的时间到了。擦干你的眼泪，开始工作。现在就开始！"

听了她的话，我心中所有的悲伤和难过就像是滚沸的油一样，全都灌注到了这个冷酷的、没有感情的女人身上。

"你怎么能这样漠不关心呢？"我冲她大声喊道，"吉米短暂的一生就这么结束了！而他甚至还没有一个妈妈去关心他，他是多么不幸啊！你关心过他，或者关心过其他任何一个小孩子吗？不！你只是说：'怀特小姐，去工作。假装一切都和以前一样。'噢，这不一样！我在意！我爱那个孩子！"眼泪像洪水一样溅落在我胸前的制服上。

一方手帕轻轻落在我那被泪水打湿的膝上。我感到有一只手温柔地放在了我的肩膀上。斯蒂克贝小姐站在我的身边，泪流满面，那一贯笔挺的制服也被泪水打湿了。

"怀特小姐，"她的声音低低的，有些沙哑，"在工作中，我们会遇到很多像吉米一样的孩子。如果我们不控制自己的感情，他们会把我们的心给毁掉。你和我的心都应该像果冻一样，是一种凝胶体，我们必须学会控制自己的情绪，不断去寻找方法宽慰自己，使自己更理智地面对悲剧。我们必须给予每一个孩子平等的注意力，对某个孩子的特殊注意会毁坏和限制我们成为一个公正无私的护士的能力。"

她把脸上的眼泪擦干，说道："如果你知道吉米并不是一个人孤独地死去，也许会觉得有一点儿安慰。死亡是从我的怀里把他带走的。"

我们一起坐在那儿，一个是经验丰富的拥有一颗成熟的果冻心的老师，一个是拥有青涩涩的果冻心的学生，我们一起为死去的吉米哭泣。然后，我们抹去脸上的悲伤，换上一副清新的、护士的微笑脸庞走出休息室，去爱和关心所有由我们看护的小孩子们。

心灵寄语

　　人生的离别犹如下雨时的忧伤，雨后应该就有晴天，忧伤之后就应该拥有快乐，如果雨后还是雨，如果忧伤之后还是忧伤，那么，同样地，请让我们从容地面对这离别之后的离别吧，然后微笑着再去寻找一个不可能出现的你。

答案

佚名

去年初秋，巴特西的丈夫比尔接了个长途电话之后，转过身来对她说："你父亲被送去急诊了，是严重的心脏病。"巴特西能看得出他虽然内心恐惧，但又竭力表现出很冷静的样子。

"爸爸病得这么厉害吗？"比尔带着巴特西飞速驱车去机场时，她心里在祈祷，"啊，亲爱的上帝，让爸爸活下去吧！"

当她走进爸爸的病房时，母亲一句话也没说。她们默默地抱在一起。巴特西坐在母亲的身边祈祷着："让爸爸活下去吧！"

在整整三个星期里，她和妈妈就这样日夜守护着父亲。有一天早晨，爸爸恢复了知觉，他还握住了巴特西的手。他的心脏虽然稳定了，但其他问题又出现了。那段时间，凡是巴特西不和父亲或母亲在一起时，她就去医院的小教堂里，总是祷告着同一句话："让爸爸活下去吧！"

祝愿康复的卡片从各地寄来。一天晚上，她接到比尔寄来的一张——这是"我们的"卡片，上面写着："要相信上帝的答案，亲爱的。"

巴特西站在厨房里，手里攥着一张弄皱了的卡片，一会儿哭，一会儿笑，母

亲不明白这是为什么。巴特西想："比尔让我意识到，我原来搞的那些祈祷全都错了。"

第二天清晨，巴特西在医院小教堂里平静地祈祷："亲爱的上帝，我知道我的愿望是什么，但对爸爸说来这并不见得是最好的答案。您也爱他，因此我现在要把他放在您的手中。让您的意愿——而不是我的——实现吧！"

在那一瞬间，她觉得如释重负。不管上帝的答案是什么，她知道这答案对她父亲来说都是正确的。

两个星期后，她的父亲与世长辞了。

第二天，比尔带着孩子们赶来了。他们的儿子哭着说："我不想让外公死，他为什么会死呢？"

巴特西紧紧地抱着儿子让他哭个够。从窗户远望，她看见群山和碧蓝的天，想着她深深敬爱的父亲，也想到他有可能遭受的无法医治的病痛。比尔的手放在她的肩上，巴特西轻轻地说："显然，这就是答案。"

心灵寄语

真正的爱应该是舍得放弃。而对于一个伤病的人，死亡也许是最好的解脱。

心态造就成败

沛　南

　　一只普普通通的小苍蝇竟决定了一场世界台球锦标赛的结果。那是1965年9月7日，纽约举行了一场台球世界冠军争夺赛。这场争夺赛是在路易斯·福克斯和约翰·迪瑞之间进行的，奖金是4万美元。

　　这两位都是台坛上的奇才，观众们在静静地观看着比赛的进展，路易斯·福克斯的得分已遥遥领先。他只要再得几分，这场比赛就将宣告结束。

　　这时赛厅里的气氛十分紧张，福克斯自地准备做最后几杆漂亮的击球，而约翰·迪瑞沮丧地坐在一个角落里，他的败局似乎已定。

　　突然，在那死一般沉寂的赛厅里出现了一只苍蝇，嗡嗡作响，它绕着球桌盘旋了一会儿，然后叮在了主球上。路易斯·福克斯微微一笑，轻轻地一挥手，赶走了苍蝇，他又盯着台球，准备击球，可是这只苍蝇第二次来到台桌上方盘旋，而后又落在了主球上。于是观众中发出一阵紧张的笑声。福克斯又轻嘘一声将苍蝇赶走了，他的情绪并没有因为这种干扰而波动。但是这只苍蝇第三次又回到了台桌上。这次沉寂被打破了，观众中发出一阵狂笑。原先冷静的路易斯·福克斯此时再也不冷静了。他用球杆去赶那苍蝇，想把它赶走。不料，球杆擦着了主

球，主球滚动了一英寸。苍蝇是不见了，可是由于福克斯触击了主球，他就失去了继续击球的机会，然而约翰·迪瑞充分地利用这一幸运的机会，长时间连续击球直到比赛结束。最后，迪瑞夺得了台球世界冠军，并拿走了4万美元奖金的大部分。

那天夜里，路易斯·福克斯离开赛厅时，宛若在奇怪的梦幻中游走。第二天早上，一艘警艇在河上发现了他的尸体，他自杀了。

心灵 寄语

心态会影响一个人的行动，不好的心态甚至会葬送一个人的生命，因此，我们做任何事情都应该有一个良好的心态。

捡起地上的鸡毛

凝　丝

圣菲利普是16世纪深受爱戴的罗马牧师，富人和穷人都追随着他，贵族和平民也都喜欢他，这一切都是因为他的善解人意。

有一次，一位年轻的女孩儿来到圣菲利普面前倾诉自己的苦恼。圣菲利普明白了女孩儿的缺点，其实她心地不坏，只是她常常说三道四，喜欢说些无聊的闲话，而这些闲话传出去后就会给别人造成许多伤害。

圣菲利普说："你不应该谈论他人的缺点，我知道你也为此苦恼，现在我命令你要为此赎罪。你到市场上买一只母鸡，走出城镇后，沿路拔下鸡毛并四处散布。你要一刻不停地拔，直到拔完为止。你做完之后就回到这里告诉我。"

女孩儿觉得这是非常奇怪的赎罪方式，但为了消除自己的烦恼，她没有任何异议。她买了鸡，走出城镇，并遵照吩咐拔下鸡毛。然后她回去找圣菲利普，告诉他自己按照他说的做了一切。圣菲利普说："你已完成了赎罪的第一部分，现在要进行第二部分。你必须回到你来的路上，再捡起所有的鸡毛。"

女孩儿为难地说："这怎么可能呢？这时候，风已经把它们吹得到处都是了。也许我可以捡回一些，但是我不可能捡回所有的鸡毛。"

　　"没错，我的孩子。那些你脱口而出的愚蠢话语不也是如此吗？你不也常常从口中吐出一些愚蠢的谣言吗？你有可能跟在它们后面，在你想收回的时候就能收回吗？"女孩儿说："不能，神父。"

　　"那么，当你想说些别人的闲话时，请闭上你的嘴，不要让这些邪恶的'羽毛'散落在路旁。"

心灵寄语

　　闲言碎语如同丢掉的鸡毛，它会波及得到处都是，再也不能完整地收回来了。所以当你想说别人的闲话时，请闭上你的嘴，不要让这些邪恶的"羽毛"散落在路旁。

成功需要争取

静 松

20世纪初，有个爱尔兰家庭要移民美洲。他们非常穷困，买不起船票，于是他们辛苦工作，省吃俭用三年多，终于存钱买了去美洲的船票。当他们被带到甲板下睡觉的地方时，全家人以为整个旅程中他们都得待在甲板下，而事实也是这样的，他们仅靠自己带上船的少量面包和饼干充饥。

一天又一天，他们以充满嫉妒的眼光看着头等舱的旅客在甲板上吃着奢华的大餐。最后，当船快要停靠爱丽丝岛的时候，这家其中一个小孩儿生病了。做父亲的找到服务人员说："先生，求求你，能不能赏我一些剩菜剩饭，好给我的小孩儿吃？"

服务人员回答说："为什么这么问，这些餐点你们也可以吃呀。"

"是吗？"这人回答说，"你的意思是说，整个航程里我们都可以吃得很好？"

"当然！"服务人员以惊讶的口吻说，"在整个航程里，这些餐点也供应给你和你的家人，你的船票只是决定你睡觉的地方，并不决定你用餐的地点。"

很多人也有相同的状况，他们以为他们"被带去看"的地方就是他们一辈子

必须待的地方，他们不明白，他们也可以和其他人一样，享受许多同样的权利。成功是要寻访、要共享、要想办法接近的。

心灵 寄语

成功其实就在你的身边，它需要你的探询、接近和寻访，不要白白地错过了机会而后悔莫及。

三个旅行者

芷 安

三个旅行者早上出门时，一个旅行者带了一把伞，另一个旅行者拿了一根拐杖，第三个旅行者什么也没有拿。

晚上归来，拿伞的旅行者淋得浑身是水，拿拐杖的旅行者跌得满身是伤，而第三个旅行者却安然无恙。于是，前面的两个旅行者很纳闷儿，问第三个旅行者："你怎么会没有事呢？"

第三个旅行者没有回答，而是问拿伞的旅行者："你为什么会淋湿而没有摔伤呢？"

拿伞的旅行者说："当大雨来临的时候，我因为有了伞，就大胆地在雨中走，却不知怎么淋湿了；当我走在泥泞坎坷的路上时，我因为没有拐杖，所以走得非常仔细，专拣平稳的地方走，所以没有摔伤。"

然后，他又问拿拐杖的旅行者："你为什么没有淋湿而摔伤了呢？"

拿拐杖的旅行者说："当大雨来临的时候，我因为没有带雨伞，便拣能躲雨的地方走，所以没有淋湿；当我走在泥泞坎坷的路上时，我便用拐杖拄着走，却不知为什么常常跌跤。"

第三个旅行者听后笑笑说："这就是为什么你们拿伞的淋湿了，拿拐杖的跌伤了，而我却安然无恙的原因。当大雨来时我躲着走，当路不平稳时我细心地走，所以我没有淋湿也没有跌伤。你们的失误就在于你们只凭借自己的优势做事，然而有了优势便少了忧患意识。"

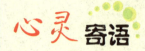

心灵寄语

忧患常伴我们左右，不要以为自己有优势的地方就会使自己立于不败之地。

临危不惧　机智沉着

雪　翠

这是发生在第二次世界大战期间的一个真实感人的故事。

法国第厄普市有位家庭妇女，人称伯爵夫人。她的丈夫在马奇诺防线被德军攻陷后，当了德国人的俘虏，她的身边只留下两个幼小的儿女——12岁的雅克和10岁的杰奎琳。为把德国强盗赶出自己的祖国，母子三人参加了当时的秘密情报工作。

一天晚上，屋里闯进了三个德国军官，其中一个是本地区情报部的官员。他们坐下后，一个少校军官就着暗淡的灯光吃力地阅读起一张揉皱的纸来。这时，那个情报部的中尉顺手拿过了一支藏有情报的蜡烛点燃，然后放到长官面前。这时情况变得危急起来，伯爵夫人知道，万一蜡烛燃到铁管之后，就会自动熄灭，同时也意味着他们一家三口的生命将宣告结束。她看着两个脸色苍白的儿女，急忙从厨房中取出一盏油灯放在桌上。"瞧，先生们，这盏灯亮些。"说着轻轻地把蜡烛吹熄，就这样，一场危机似乎过去了。但是，轻松没有持续多久，那个中尉又把冒着青烟的烛芯重新点燃了，"晚上这么黑，多点支小蜡烛也好嘛。"他说。烛光接着发出微弱的光。此时此刻，它仿佛成为这房里最可怕的东西。伯爵

夫人的心提到了嗓子眼儿，她似乎感到德军那几双恶狼般的眼睛都盯在那越来越短的蜡烛上。一旦这个情报中转站暴露，后果将是不堪设想的。

这时候，小儿子雅克慢慢地站起来，"天真冷，我到柴房去搬些柴来生火吧。"说着伸手端起烛台朝门口走去，房间顿时暗下来。中尉快步赶上前去，厉声喝道："你不用灯就不行吗？"说罢，一把就把烛台夺了回来。

时间一分一秒地过去。突然，小女儿杰奎琳娇声对德国人说道："司令官先生，天晚了，楼上黑，我可以拿一盏灯上楼睡觉吗？"少校瞧了瞧这个可爱的小姑娘，一把拉她到身边，用亲切的声音说："当然可以。我家也有一个像你这样年纪的小女儿。来，我给你讲讲我的路易莎好吗？"杰奎琳仰起小脸，高兴地说："那太好了。不过，司令官先生，今晚我的头很痛，我想睡觉了，下次您再给我讲好吗？""当然可以，小姑娘。"杰奎琳镇定地把烛台端起来，向几位军官道过晚安，上楼去了。正当她踏上最后一级阶梯时，蜡烛熄灭了。

心灵寄语

面对危险时，慌乱只会让你的处境更加危险，而处变不惊才能使你渡过难关。

冷静处事

雅　枫

　　故事发生在印度。有位殖民官员和夫人在家里举行盛大的晚宴。筵席设在宽敞的饭厅里，室内是大理石地板，没有铺地毯，有明椽和通向走廊的宽大的玻璃门。宾主围坐在一起。来宾中有陆军军官、政府官员及他们的夫人，另外还有一位来访的美国动物学家。

　　席间，有位年轻姑娘和一位陆军上校展开了热烈的辩论。姑娘坚持认为，如今妇女已有进步，不再是那见到耗子就吓得往椅子上跳的时代了。上校则坚持认为她们并没有什么改变。他说："女人一遇到危急情况，必然的反应就是尖声叫喊。男人在此情况下，可能也会有同感，但他总要多那么点儿胆量，能够泰然处之。而这最后的一点儿胆量却是至关重要的。"

　　那位美国客人没有参加这场辩论，只是依次瞧着其他客人。在他环顾时，看到女主人脸上出现了一种奇怪的表情，双目愣愣地直视前方，肌肉微微收缩。她用一个轻微的手势把站在身后的男仆叫到身边，向他耳语一番。仆人睁大了双眼，随即匆匆离去。在座的宾客除这位美国人外，谁也没有注意到这个细节，谁也没有看到仆人把一碗牛奶放在紧靠门的走廊上。

美国人蓦地意识到发生了什么。在印度，牛奶放在碗里只意味着一件事——引诱眼镜王蛇，他意识到房间里一定有条眼镜王蛇。他抬头看看椽子——最有可能藏着蛇的地方，但椽子上什么也没有。再瞧瞧室内四周，房间的三个角落是空的，第四个角落里站着等待上下一道菜的仆人们。现在，只有一个地方没有察看到了：餐桌底下。

他的第一个反应是往后跳，并向别人发出警告。然而他懂得，如果那样做必然会引起一阵骚动进而惊动眼镜王蛇，使它咬人。他快速地讲了几句话，语调极为吸引人，每个人都注意地听着。他说："现在，我想试试在座诸位的自制力。我数到300，数5分钟，谁也不许动一下，谁动，罚50卢比。开始！"

20个人坐在那里纹丝不动，像20座石雕像在听他数。在他数到200时，他眼角瞟见了这条蛇，它正爬向那碗牛奶。他跳起身来，迅速跑过去把通向走廊的门关上。饭厅里随即响起一片尖叫声。

"你说得对呀，上校，"男主人无限感慨地说，"正是一个男人，刚才给我们做出了从容不迫、镇静如君的榜样。"

"请等等，"美国人说着转向女主人，"维纳太太，您怎么知道房间里有条眼镜王蛇？"

女主人脸上展现出一层淡淡的笑容，回答说："因为它刚才是从我的脚背上爬过去的。"

心灵 寄语

遇事必须冷静沉着，因为慌乱并不能解决问题，反而会把事情弄得更糟。

不要忘了把我的手带上

向 晴

约翰·汤姆森虽然没有做出什么惊天动地的事业，但他却成了现代美国人心目中最重要的青少年楷模之一。

18岁的约翰·汤姆森是一位美国高中学生。他住在北达科他州的一个农场。1992年1月11日，他独自在父亲的农场里干活儿。当他在操作机器时，不慎在冰上滑倒了，他的衣袖绞在机器里，两只手臂被机器切断了。

汤姆森忍着剧痛跑了数百米来到一座房子里。他用牙齿打开门栓。他爬到电话机旁边，但是他无法拨电话号码。于是，他用嘴咬住一支铅笔，一下一下地拨动号码，终于拨通了他表兄的电话，他表兄马上通知了附近有关部门。明尼阿波利斯州的一所医院为汤姆森进行了断肢再植手术。在住了一个半月的医院后，他回到了北达科他州自己的家里。如今，他已能微微抬起手臂，并已经回到学校上课了。他的家人和朋友都为他感到自豪。

美国人为什么喜欢汤姆森呢？有的人说，他聪明，用铅笔打电话，还会用嘴打开门；有的人说，他喜欢干活儿，我们喜欢勤劳的人；还有的人说，他身体真棒，一定曾努力锻炼身体，不然早就没命了。

　　一位学者概括了这些人的回答，人们除了佩服他的勇气和忍耐力，还佩服他那种独立的精神。他一个人在农场操作机器，出了事又顽强自救，所以他是好样的。

　　汤姆森的故事里还有这样一个细节：为了不让血大量流失，他把断臂伸在浴盆里。当救护人员赶到时，他被抬上担架。临行前，他冷静地告诉医生："不要忘了把我的手带上。"

心灵 寄语

　　即使是最危险的时刻，你也要保持一个清醒的头脑，冷静地处理遇到的问题。

美德才是至宝

晓 雪

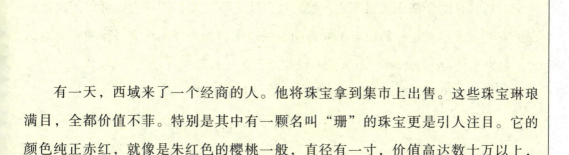

　　有一天，西域来了一个经商的人。他将珠宝拿到集市上出售。这些珠宝琳琅满目，全都价值不菲。特别是其中有一颗名叫"珊"的珠宝更是引人注目。它的颜色纯正赤红，就像是朱红色的樱桃一般，直径有一寸，价值高达数十万以上，引来了许多人围观，大家都啧啧称奇，赞叹道："这可真是宝贝啊！"

　　恰好龙门子这天也来逛集市，见好多人围着什么议论纷纷，便也带着弟子挤进了人群。龙门子仔仔细细地瞧了瞧这颗珠子，开口问道："珊可以拿来填饱肚子吗？"

　　商人回答说："不能。"

　　龙门子又问："那它可以治病吗？"

　　商人又回答说："不行。"

　　龙门子接着问："那能够祛除灾祸吗？"

　　商人还是回答："不能。"

　　龙门子继续问："那能使人孝悌吗？"

　　商人的回答仍是："不能。"

龙门子说道："真奇怪，这颗珠子什么用都没有，价钱却超过了数十万，这是为什么呢？"

商人告诉他："这是因为它产在很远很远没有人烟的地方，要动用大量的人力物力，历经不少艰险，吃不少苦头，好不容易才得到，它是非常稀罕的宝贝啊！"

龙门子听了，只是笑了笑，什么也没说便离开了。

龙门子的弟子郑渊对老师的问话很不解，不禁向他请教。龙门子便教导他说："古人曾经说过，黄金虽然是贵重的宝贝，但是人若吞了它就会死；就是它的粉末掉进人的眼睛里也会致瞎。我已经很久不去追求这些宝贝了，但是我身上也有贵重的宝贝，它的价值绝不只值数十万，而且水不能淹没它，火也烧毁不了它，风吹日晒全都无法损坏它。用它可以使天下安定；不用它则可以使我自身舒适安然。人们对这样的至宝不知道朝夕去追求，却把寻求珠宝当作唯一要紧的事，这岂不是舍近求远吗？看来人心已死了很久了！"

龙门子所说的"至宝"，其实就是人们自身的美德。

心灵 寄语

美德是一个人内在修养的体现，以钱财为宝终将害人害己，而以美德为宝才能永世保存。

最美的是心灵

　　从那一刻起，玛丽知道自己绝对不会再因为埃里克得不到好成绩而严厉地斥责他了。因为她觉得自己的儿子已经非常好了，他的善良、他的爱心，都是上帝赐给他的礼物。无论走到哪里，对于他人，他都是满怀同情。

珍贵的遗产

秋 旋

　　比尔·盖瑟和妻子格罗莉亚都在印第安纳州的亚历山得拉镇教书，那儿也是盖瑟长大的地方。那时候，他们的第一个孩子苏珊妮刚出生不久，他们需要一块地皮盖房子。

　　盖瑟注意到镇子的南边有一块地，常有牛群在那儿吃草。这块地属于92岁的退休老银行家于勒先生。他在这一带有很多土地，但他一块也不卖。谁去找他买地，他总是那句话："我说过，农民们可以在那里放牛。"

　　尽管如此，盖瑟和妻子还是去拜访了他。他们穿过一道森严的桃花心木大门，来到一间幽暗的办公室。而于勒先生正坐在书桌旁看《华尔街日报》。他透过眼镜的上边打量着来客，身子却一动不动。

　　当盖瑟说自己对那块地感兴趣时，于勒先生很和气地说："不卖。我答应过农民可以在那里放牛的。"

　　"我知道，"盖瑟紧张地答道，"不过，我们是在这里教书的，我们以为也许您愿意把它卖给准备在这儿长住的人。"

　　于勒努起嘴唇，盯着他们："你说你叫什么名字来着？"

"盖瑟。比尔·盖瑟。"

"嗯，和格罗弗·盖瑟有什么关系吗？"

"有的，先生，他是我的祖父。"

于勒先生放下报纸，摘去眼镜，然后指指那几把椅子，他让盖瑟及其妻子坐了下来。

"格罗弗·盖瑟是我农场上最好的工人啊。"于勒说，"来得早，走得晚。农场里需要做什么他就做什么，从来不需要指派。"

老人向前倾了倾身子："一天夜里，都下班一个钟头了，我发现他还在仓库里。他对我说，拖拉机需要修理，丢到这儿不管，他心里觉得不踏实。"于勒先生眯起双眼，陷入对遥远往事的回忆之中，"盖瑟，你说你想干什么来着？"

盖瑟把想买地皮的事又对他讲了一遍。

"这件事让我考虑考虑，过几天你再来找我吧。"

没过几天，盖瑟又去了于勒的办公室。于勒先生告诉他说："我已经想好了。3800美元，怎么样？"

盖瑟想：每英亩3800美元，我总共就得拿将近6万美元！他该不是想用这种方式拒绝我吧？

"3800美元？"盖瑟重复了一句，嗓子里堵了一下。

"嗯。15英亩共计3800美元。"这块地恐怕要值这个价钱的3倍不止！盖瑟满怀感激地接受了。

盖瑟知道，自己能有这块神奇的土地，全是靠了一个自己从来没有见过面的人的好名声。好名声是盖瑟爷爷留给自己的一份遗产。在他爷爷的葬礼上，很多人都走过来对他说："你爷爷可是个好人啊。"人们赞美他热心肠，能忍

让，敦厚，慷慨——最重要的是诚实、正直。他只不过是一个朴实的农民，但他的品质使他赢得了人们的敬重。

心灵寄语

一个品德高尚的人永远会被别人记得，而你的高贵品质也将成为你人生最大的财富。

说话要言而有信

雨　蝶

　　英国政治家福克斯（1749—1806）以言而有信著称。他的父亲是一名正统的英国人，曾给小福克斯上了生动的一课，在这个少年的心中留下了一个不可磨灭的印象。

　　18世纪，富有的英国绅士的住宅都坐落在漂亮的花园内。福克斯家的花园里有一座旧亭子，他的父亲想将其拆除，并在较为开阔处另建一座。小福克斯从住宿学校回家度假时，正巧赶上工人在拆迁亭子。孩子当然很想亲眼看一看亭子是怎样拆除的，所以他打算迟几天返校。而父亲却要他准时到校上课，为此父子间颇有嫌隙。一如大多数母亲那样，他的母亲在旁替小福克斯说情。末了，父亲答应将亭子的拆迁推迟到来年假期。于是小福克斯就离家返校了。

　　父亲想，儿子在学校里忙于学习，慢慢地就会把此事忘掉。于是，儿子一走，他就让人把亭子拆了，在另一处盖了一座新的。谁想到儿子却一直把亭子这件事记在心头。假期又到了，小福克斯一回家，就朝旧亭子走去。早餐时，闷闷不乐地对父亲说："你说话不算数！"年迈的英国绅士听后大为震惊，严肃地说："孩子，你说得对，我错了，我马上改。言而有信比财富更重要。纵有万贯

家产，也不能抵消食言给心灵带来的污点。"说罢，父亲随即让人在原地盖起了一座亭子，再当着孩子的面将其拆除……

心灵 寄语

答应别人的事情就要做到，不然别人以后就不会再相信你。

一位伟人的母亲

雁 丹

　　美国第一任总统乔治·华盛顿的母亲玛丽·华盛顿是一位伟大的母亲。她早年守寡，便以所有的心力教育她的孩子们。她特别关照小乔治，用自己的高尚心灵陶冶着儿子的心灵。在母亲的启导下，小乔治不仅很早就学会了自己照顾自己，而且还有着强烈的正义感。

　　在乔治·华盛顿指挥美国军队的七年中，玛丽·华盛顿从来不为儿子的失利而气馁，也不为儿子的胜利而陶醉。

　　一天，胜利的消息传来，朋友们纷纷跑来向她祝贺。而玛丽打断他们的颂扬，说道："先生们，请不要恭维我的儿子。我只希望乔治能记住我的话：'你不要忘记你是美国的普通公民，上帝只是使你比别人更幸运一些而已。'"

　　儿子的英雄业绩，在母亲看来，也不过是件平凡的事情。

　　1784年，华盛顿终于卸下戎装，回到偏僻的家乡探亲。他紧紧地、长久地拥抱着母亲。母亲却没有像公众舆论那样赞扬儿子，只是这样说道："孩子，我为你很好地履行了自己的职责而高兴！"

　　为了庆贺华盛顿的荣归，人们举办了一场盛大的舞会。华盛顿和母亲也

来了。

母亲身着旧式服装，78岁了，但腰板仍很挺直，神色谦恭而庄重。

当她在儿子的搀扶下走进会场时，所有的人都被深深地感动了，用钦佩的目光凝视着他们：这是美国的救星在温顺恭敬地搀扶着母亲啊！是的，正是母亲赋予了他生命、美德和荣誉。

"我跳舞的日子早就过去了。"母亲说道，"但是，我很高兴能和大家一起欢乐。"说着，她就愉快地和人们一道欢歌畅舞起来。

9点的钟声敲响了，母亲对儿子说："走吧，乔治，老年人这时候该回家了。"

她向大家道了别，在华盛顿的搀扶下，退出了会场。

在赴任总统之前，华盛顿又去探望了母亲。她仍居住在那个小庄园中，这是丈夫留下来的遗产，她从来就没有想过要离开它。

"我来向您告别了，"华盛顿对母亲说道，"只要国家给我空闲，我就会来弗吉尼亚陪伴您。"母亲回答道："你别总来看我了，去吧，我的好乔治，你要永远做好事。"

她久久地搂着泪水满面的儿子，为儿子祝福着。

不久，母亲离开了人世。

她咽气前喃喃地祈祷着："上帝啊，我把祖国和儿子托付给您了。"

后来，美国人为这位养育了英雄的母亲立了一块纪念碑，上面刻着这样几个字：玛丽，华盛顿之母。

心灵 寄语

一个人最初受到的教育是从自己父母那里得来的，因而，父母的高尚品质会潜移默化地影响自己的孩子。

最美的是心灵

慕 菡

　　玛丽的第二个孩子埃里克，不论怎样努力，成绩始终不好，那些写着"C"的成绩报告单总是令她伤心落泪。

　　如果他不能学有所成，将来靠什么生活呢？想到这些，玛丽就忧心忡忡。

　　在埃里克16岁那年，玛丽对他有了新的认识。那天，玛丽79岁高龄的父亲因心脏病突发去世了。接到消息，埃里克失声痛哭。在埃里克5岁以前，由于玛丽和丈夫工作都很忙，所以带埃里克的任务就落在了玛丽父亲的肩上。他带他去理发、吃冰激凌、陪他打棒球等。可以说，玛丽的父亲是埃里克的第一个好朋友。

　　当玛丽和两个孩子走进殡仪馆时，她感到埃里克猛地抓住了自己的手。后来，当数百位亲友络绎不绝地涌入告别厅的时候，她才依依不舍地离开她父亲的遗体，站在告别厅的一侧。

　　突然，玛丽发现埃里克不知什么时候已不在自己身边了。他正站在入口处帮助那些老人们——有的坐着助步车，有的拄着拐杖，还有很多人则要斜靠在埃里克的肩膀上，由他搀扶着才能走到死者的遗体前。

　　那天晚上，当丧事承办人向玛丽提及还需要一名护灵者的时候，埃里克立刻

接过话头，问道："先生，我能帮您吗？我小的时候，一直都是姥爷带我，现在该我陪他了！"

听到埃里克的话，玛丽顿时难过地哭了起来。

从那一刻起，玛丽知道自己绝对不会再因为埃里克得不到好成绩而严厉地斥责他了。因为她觉得自己的儿子已经非常好了，他的善良、他的爱心，都是上帝赐给他的礼物。无论走到哪里，对于他人，他都是满怀同情。

心灵寄语

一个人的美好心灵是不断培养出来的，而一个拥有纯洁内心的人，不仅仅会弥补成绩不足，还会弥补其他方面的欠缺。

对待别人

宛 彤

农场主汤普森的小店里有很多寄宿的人。苏珊的妈妈每周都给他们代洗衣物，报酬仅有5美元。一个周六的晚上，苏珊像往常一样去农场替妈妈领钱，她在马厩里遇到了这位农场主。

显然那位农场主正处于气头上，那些总和他讨价还价的马贩子激怒了他，令他火冒三丈。他把手里的钱包打开，钱包被钞票塞得鼓鼓的。当苏珊向他要钱时，他没有像从前那样训斥她打扰了正在忙碌的他，而是马上将一张钞票递给了她。

苏珊暗暗高兴自己这次如此轻易地逃过了这一关，便急忙走出马厩。到了路上，她停下来，拿针将钱小心翼翼地别在围巾的褶皱里。这时，她看到汤普森给了她两张钞票，而不是一张！她往四周望了望，发现附近没有人看到她。她的第一反应是为得到了这笔飞来横财而兴奋不已。

"这全是我的了。"她心想，"我要买一件新的斗篷送给妈妈，妈妈就能把她那件旧的给玛丽姐姐了；这样，明年冬天玛丽就能同我一块儿去上学了；说不定还可以给弟弟汤姆买双新鞋呢。"

过了一会儿，她又认为这笔钱一定是汤普森在给她时拿错了，她没有权利使

用它。正当她这样想时，一个充满诱惑的声音说："这是他给你的，你又怎么知道他不是想要把它作为礼物送给你呢？拿去吧，他绝对不会知道的。就算是他弄错了，他那大钱包里有那么多张5元钞票，他也绝不会注意到少了一张的。"

她一边往家走，一边进行着激烈的思想斗争。她一路上都在思考着是拿这笔钱享受重要呢，还是诚实重要。

当她经过家门前那座小桥时，她想到了妈妈平时的教诲："你想要人家怎样对你，你就得怎样对人家。"

苏珊猛地转过身，向农场小店跑去。她跑得很快，快得让她差点儿连气都喘不过来了，仿佛是在逃离什么无形的危险。就这样，她径直跑回了农场主汤普森的店门口。

当苏珊把钱还给汤普森后，汤普森一直注视着眼前这个小女孩儿，然后他从口袋里取出1先令递给了苏珊。"不，谢谢你，先生。"苏珊说，"我不能仅仅因为做了件正确的事就得到报酬。我唯一希望的是，您不要把我看成是一个不诚实的人，因为那对我来说的确是个巨大的诱惑。先生，如果您曾看到过自己最爱的人连寻常的生活用品都买不起的话，您就能知道，要时刻做到对待别人就像希望别人如何对待自己一样，这对我来说是多么的困难。"

美好的修养是金钱所换不来的，人们不能为了金钱而失去了自己的信仰。

诚实对待每一件事

冷 柏

左琴科上学读书是很久以前的事了。那时，教师把每次提问所得的成绩都写在记分册上，给他们打上分数，从5分到1分。

左琴科进学校的时候年龄还很小，上的是预备班。当时他才7岁。

对于学校的情况，左琴科一无所知，因此，最初3个月里，他简直是在懵懵懂懂中度过的。有一次，老师布置的作业是让他们背诗。可是，左琴科没背会那首诗，其实他压根儿没听见老师的讲话。因为坐在他后边的几个同学不是用书包拍他的后脑勺，就是用墨水涂他的耳朵，再不然就是揪他的头发。正是由于这些原因，左琴科坐在教室里总是提心吊胆，甚至呆头呆脑的，他时时刻刻提防着，生怕坐在后面的同学再想出什么招儿来捉弄自己。

第二天，老师仿佛与左琴科作对似的，偏偏叫他起来背那首诗。

左琴科不仅背不出来，而且都没想到过世界上竟会有这么一首诗。

老师说："好吧，把你的记分册拿来！我给你记个1分。"

于是左琴科哭了，因为他还是第一次得到这糟糕的1分呢。不过他并不清楚这

将会带来什么后果。

课后，他的姐姐廖利亚来找他一起回家。看了他的记分册，她说："左琴科，这下可糟了！老师给你的语文打了1分，这事儿真糟！再过两个星期就是你的生日，我想，爸爸不会送照相机给你了。"

左琴科说："那可怎么办呢？"

廖利亚说："我们有个同学得了1分后，干脆把记分册上有1分的那一页和另一页粘在一起，她的爸爸用手指舔上唾沫也没能揭开，所以也就没有看到那个分数。"

左琴科说："廖利亚，骗父母亲，这不好吧？"

廖利亚笑着回家了。而左琴科呢？他忧心忡忡地来到市立公园，坐在那儿的长凳上，翻开记分册，怀着恐惧的心情盯着上面的1分。

左琴科在公园里坐了很久，然后才回家。已经快到家了，他才突然想起，自己把记分册丢在公园里的长凳上了。他又跑回公园，可是记分册已经不翼而飞。起先他很害怕，继而又高兴起来，因为这下他没有记着1分的记分册了。

回到家里，左琴科告诉父亲，记分册被他搞丢了。廖利亚听了他的话笑了起来，并对他眨眨眼睛。

第二天，老师知道左琴科的记分册丢了，又给他发了一本新的。

左琴科翻开这本新的记分册，指望着上面没有一个坏分数，但在语文栏内还是有个1分，而且笔道更粗。

左琴科顿时十分懊丧，简直气极了，就把新的记分册往教室里的书柜后面一扔。

　　两天以后，老师知道左琴科的这本记分册又丢了，于是又给他填了一份新的，除了语文有个1分，还在上面给左琴科的品行打了个2分，并且说，一定要把记分册交给他的父亲看。

　　课后，廖利亚见到左琴科，她说："如果我们暂时把记分册上的那一页粘起来，这不算撒谎的。一个星期以后，等你生日那天拿到了照相机，我们再把它分开，让爸爸看上面的分数。"

　　左琴科很想得到照相机，于是就和廖利亚一起把记分册上那倒霉的一页的四个角都粘了起来。

　　晚上，爸爸说："喂，把记分册拿来！我想看看，你不至于会有1分吧！"

　　爸爸打开了记分册，但上面一个坏分数也没有，因为那一页被粘起来了。

　　爸爸正翻阅着左琴科的记分册，突然楼梯上传来了门铃声。

　　一位妇女走进来说："前几天我在市立公园散步，就在那里的长凳上看到一本记分册，根据姓氏我打听到地址，就把它给您送来了，请您看看，是不是您的儿子把它搞丢了？"

　　爸爸看了看记分册，当他看到上面有个1分时，一切都明白了。

　　他没有骂左琴科，只是轻轻地说："那些讲假话、搞欺骗的人是十分滑稽可笑的，因为谎言或早或迟总是要被揭穿的，要想人不知，除非己莫为。"

　　左琴科站在爸爸面前，满脸通红。他沉默了好久说："还有一件事，我把另外一本打了1分的记分册扔到学校里的书柜后面了。"

　　爸爸不但没有更加生气，他的脸上反而露出了笑容，显得很高兴。他抓住左琴科的双手，吻了吻。"你能把这件事老老实实地说出来，这使我非常非常地高兴。这件事可能长时间内没有人知道，但你承认了，这

就使我相信，你再也不会撒谎了。就为这一点，我送给你一架照相机。"

　　谎言是愚蠢的，因为谎言总有一天会被识破，只有诚实地面对才是解决问题的唯一方法。

卢梭的忏悔

凝　丝

　　在法国著名思想家、文学家卢梭的《忏悔录》中，记录着这样一件事：

　　卢梭小时候，家里很穷，为求生计，只好到一个伯爵家去当小佣人。伯爵家的一个侍女有条漂亮的小丝带，很讨人喜爱。一天，卢梭趁没人的时候，从侍女床头拿走小丝带，跑到院里玩赏起来。

　　正在这时候，有个仆人从他身后走过，发现了卢梭手中的小丝带，立刻报告了伯爵。伯爵大为恼火，就把卢梭叫到身旁，厉声追问起来。当时卢梭紧张极了，心想，如果承认丝带是自己拿的，那他一定会被辞退，以后再找工作，可就难了。他结巴了好大一会儿，最后竟撒了个谎，说丝带是小厨娘玛丽永偷给他的。伯爵半信半疑，就让玛丽永过来对质。善良、老实的小玛丽永一听这事，脑瓜子顿时蒙了，她一边流泪，一边说："不是我，绝不是我！"可卢梭呢？却死死咬住了玛丽永，并把事情的"经过"编造得有鼻子有眼。

　　这下子，伯爵更恼火了，索性将卢梭和玛丽永同时辞退了。当两人离开伯爵家时，一位长者意味深长地说："你们之中必有一个是无辜的，说谎的人一定会受到良心的惩罚！"

果然，这件事给卢梭带来了终生的痛苦。40年后，他在自传《忏悔录》中坦白说："这种沉重的负担一直压在我的良心上……促使我决心撰写这部《忏悔录》。""这种残酷的回忆，常常使我苦恼，在我苦恼得睡不着觉的时候，便看到这个可怜的姑娘前来谴责我的罪行……"

心灵 寄语

永远不要尝试去欺骗别人，那样不仅会欺骗别人，还会伤害了自己，使自己永远背负着自责的负担。

不为孩子着想的父亲

雅　枫

　　铫期，是东汉初年的著名将军。他率军作战时，纪律严明，冲锋在前，为开创东汉国家立下了汗马功劳。为此，东汉的光武皇帝刘秀封他为食邑五千户的安成侯，并对他十分器重和信赖。

　　但是，铫期并没有躺在功劳簿上过日子，而是勤劳奉公，处处以国家的利益为重。平时，看到刘秀有什么做得不对时，他便直率地当面进行劝阻，哪怕刘秀大怒，自己也毫不回避和迁就。通常情况下，刘秀都会采纳铫期的意见，因此防止了不少错误的出现。

　　铫期有两个儿子，一个名铫丹，一个名铫统。尽管铫期对他们很爱怜，可是在生活上对他们的要求却很严格，从不让儿子们仗着侯门子弟的身份做出越轨的事。

　　铫期终于积劳成疾。老母亲望望病床上奄奄一息的儿子，又顾念到两个没成年的小孙子，便呜咽地跟铫期诉说，让他趁着还有口气的时候，跟刘秀提出由孩子承袭安成侯爵位的问题。

　　铫期睁开眼睛，缓慢而吃力地跟老母亲说："这些年来，我们受到国家如此深厚的恩待，但是自己给国家做的事却少得很。往常一想到这里，我就觉得很羞

惭。现在要死了，我正在抱恨今后不能再给国家出力了，哪里还想再为儿子们的荣华富贵伸手讨要，让儿子们去承袭什么侯位呢？"说着说着，他慢慢地闭上了眼睛。

心灵 寄语

一个人能够做到顾大家而不为小家，这是十分高尚的品质。

舍小家顾大家的炮手

凝　丝

　　巴黎近郊住着一位名叫彼埃尔的农民，妻子和三个孩子同他一起过着清贫的日子。经过多年的辛勤工作和清苦生活，彼埃尔终于积攒了一笔钱，买下了他们已经居住了十来年的小农舍。

　　农舍虽小，却是红瓦白墙，屋后还有一个精心调理的小花园，园里栽满了招人喜爱的各种植物。在把这幢小房子买下来的那一天，全家举行了一次小小的宴会庆祝了一番。

　　不久，爆发了1870年的德法战争。彼埃尔应召加入了军队，因为他曾是一名技术精湛的炮手。

　　彼埃尔他们的村子很快便陷入敌手，村民们都随着逃难的人群远走他乡。那时，法国人的一支炮兵部队依然占据着河对岸的高地，而彼埃尔就在其中。

　　在一个冬日，他正在一门大炮前当班时，一位名叫诺艾尔的将军走了过来，用望远镜仔细瞭望河对岸的小村。

　　"喂，炮手！"将军没有回头，用尖利的嗓音说。

　　"是，将军！"彼埃尔喊道。

"你看到那座桥了吗？"

"看得很清楚，将军。"

"也看到左边那所小农舍了吗？就在丛林后面。"

彼埃尔的脸色煞白："我看到了，将军。"

"这是德国人的一个住宿地。伙计，给它一炮。"

炮手的脸色更加惨白了。这时的风很大，天气寒冷，裹着大衣的副官们在凛冽的寒风中打着寒战。但是彼埃尔的前额上却滴下了大粒汗珠。周围的人们没有注意到这位炮手的表情变化。彼埃尔服从了命令，仔细地瞄准目标开了一炮。

硝烟过后，军官们纷纷用望远镜观察河对岸的那块地方。

"干得棒，我的战士！真不赖！"将军微笑地看着炮手，不禁喝起彩来，"这农舍看来不太结实，它全垮啦！"

可是，将军吃了一惊，他看到彼埃尔流下了两行热泪。

"你怎么啦，炮手？"将军不解地问。

"请您原谅，将军，"彼埃尔用低沉的喉音说，"这是我的农舍，在这个世界上，它是我家仅有的一点儿财产。"

心灵 寄语

彼埃尔为了国家的荣誉，毅然放弃了自己的一切，这种高尚的品格永远伴随着他。

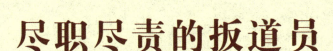

尽职尽责的扳道员

碧 巧

在德国的一个火车小站里，一位扳道员正走向自己的岗位，去为一辆徐徐驰近的列车扳动道岔。这时，在铁轨的另一头，还有一辆火车从相反的方向隆隆驰近车站。假如他不扳道岔，这两辆火车就会相撞，最终酿成巨大的灾难。

这时，他无意识地回了一下头。突然，他发现自己的小儿子正在铁轨的那一端玩耍，而那辆开始进站的火车就驰在这条铁轨上。

面对这种情况他该怎么办？他可以立即飞奔过去，把儿子抢救上站台。但是，这样做了以后，迎面驰来的列车上将会有数百人面临丧生的厄运！

最后，他强忍巨大的痛苦，决定不违反自己肩负的安全职责。这位工人向他的儿子大吼一声："卧倒！"随即快步奔向岗位扳动了道岔，一眨眼的工夫，这辆火车安全地进入了预定的铁轨。

他的儿子由于平素就习惯了服从长辈的命令，当时也没显出丝毫的慌乱，立即笔直地躺倒在铁轨中央。一列满载乘客的火车从他的头顶呼啸着飞驰而过。

车上的旅客们毫不知情，他们的到来，给一颗崇高的心灵带来了多么巨大的痛楚，他们的生命也曾如千钧悬于一发。之后，那位父亲向着儿子的方向狂奔而

去，不敢想象儿子那惨不忍睹的情状。然而，他的儿子还活着，而且未受一点儿损伤！

据说，德皇知道了这位扳道工人的勇敢举动后，就派人把他召来，奖给他一枚荣誉勋章，一方面是奖励他极端尽职的行为，另一方面则是感谢他教育出一个遵守纪律的儿子。

这位扳道员舍己为人，当处于危险，面临丧失亲人与坚守自己职责的两难选择时，他毅然选择了坚守自己的职责，做出这样的决定是多么伟大呀！

无愧于心的决定

静 松

约30年前，在纽约贫民区某公立学校里，奥尼尔夫人对所教的三年级学生进行了一次算术考试。阅卷时，她发现有12个男孩子对某一题的答案错得完全一样，而我也是其中的一个。

奥尼尔夫人叫这12个男孩子在放学后留下来。但她没有问任何问题，也没有任何责备，只在黑板上写下这样一句话：

"在真相肯定永无人知的情况下，一个人的所作所为能显示他的品格。

——汤姆斯·麦考莱。"

老师叫他们把那道题抄100遍。

当时，我不知其他11个人有何感想，只知道自己，可以说，这是我一生中最重要的教训。

老师把麦考莱的名言告诉我们已经是30年前的事了，但我至今仍认为那是我所见到的最好的人生准绳之一。不是因为它可以使我们衡量别人，而是因为它可以使我们衡量自己。

我们中间可以决定宣战或决定国家大事的人并不多。但我们每人每天都必须

做出许多个人的决定。比如说，在街上捡到一个钱包，是把钱吞没呢，还是送交警察呢？这笔交易本是别人的功劳，可以把它据为己有，列在自己的推销记录里吗？

心灵寄语

　　一个人在做出自己的决定之前，要想清楚这个决定是对还是错，千万不要让错误的决定害了自己。

被骗的感觉

忆 莲

暑假，迪斯在和杰米开玩笑的时候，把杰米骗哭了。

妈妈严肃地教育迪斯，迪斯却觉得开玩笑时骗人并不是什么坏事。

在狠狠地教训了迪斯一顿之后，妈妈开始高高兴兴地做午餐。当迪斯咀嚼着三明治的时候，妈妈问他："今天下午，你愿意去看电影吗？"

"哇！我当然愿意！"迪斯想知道要去看什么电影。妈妈说是《音乐之声》。"噢，太棒了！我非常愿意去看《音乐之声》！"

迪斯洗了澡，穿戴整齐，就像要去赴一个生日宴会。

他们急急忙忙地走出公寓，去赶开往市区的公共汽车。到了车站，妈妈说了一句令迪斯非常惊讶的话。她说："宝贝，我们今天不去看电影了。"

迪斯最初没有反应过来。"什么？"他抗议道，"什么意思？我们不去看电影了吗？妈妈，你说过要带我去看《音乐之声》的！"

妈妈停下来，用胳膊搂住他。迪斯不明白她的眼睛里为什么会有泪。接着，她拥抱着他，轻声解释说，这就是被谎言欺骗的感觉。

"说真话是非常重要的。"妈妈说，"我刚才对你撒了谎，我觉得糟透了。

我不愿意再撒谎了，我相信你也不愿意再撒谎了，人与人之间必须相互信任，你明白了吗？"

　　迪斯向妈妈保证自己明白了："……我永远也不会忘记。既然我已经接受了这个教训，那么，为什么我们不去看《音乐之声》呢？我们还有时间。"

　　"不是今天，"妈妈告诉他，"但以后我们会去。"

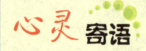

心灵 寄语

　　被人欺骗的感觉是骗人的人永远不会体会得到的，如果你不想感受被骗的感觉，就不要去骗别人。

一次诚信测验

雁 丹

一位研究经济学的朋友要我帮忙，在10个地方找10家商店来做诚信试验：具体就是在不同的商店买10次东西，每一次买东西都付两次钱，看有多少店主拒绝我的第二次付款。

我先走进一家服装店，给孩子买了一件20元的衬衣。付过钱出来后，一会儿我又进去说："对不起，刚才我买衣服忘了给钱。"店主是一个中年妇女，慈眉善目的，看样子应该是一个好人。我在等她说："你已经付过钱了。"可是她只是看看我，不说话。我把手里的衬衣举到店主的面前说："你看，我买的就是这件衬衣。你开价30元，我说15元行不行，你说再加点儿吧，20元卖给你。我说20就20……"我故意仔细描述买衣服的情景，给店主足够的时间和机会。可是她不耐烦地打断我的话，说："行，快交钱吧。"我只好乖乖地又一次把20元钱给了她，再去别的商店做试验。

加上第一个，我一连试了9个店主，竟然没有一个人拒绝我的第二次付款。

态度最好的那个，也只是淡淡地说："你真是个好人。"那神情不知道是赞扬还是嘲笑。

只剩最后一次了，我想找个熟人试试。大街对面就有一个卖饮料的小店，是我高中时的一位同学开的，老同学和她的儿子正坐在店里。我穿过大街，走进老同学的饮料店，买了一瓶矿泉水就出来了。几分钟后，我再次进去，说："哎呀，老同学，我刚才买矿泉水忘了给钱。"老同学说："算了，就当我送给你喝了。"我得把试验进行到底，就说："那怎么行？"说完掏出两块钱递过去。老同学竟然伸手来接，我真不想松手，因为一松手，她在我心里的形象就矮小了。就在那张纸币一半在我的手里，一半在老同学的手里时，她儿子说："妈妈，阿姨不是给过钱了吗？那张钱还在你的手里呢。"而老同学的另一只手上，确实握着我刚刚给的两块钱。

老同学非常尴尬，不得不松开手。看到这种情形，我很后悔用熟人来做试验，便尴尬地走出了饮料店。我刚走到街上，就听到那个讲实话的小男孩儿在店里放声大哭，一定是老同学打他了。

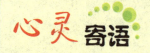

诚实是每个人天生的品质，请不要让这天生的财富慢慢地从你身上失去。

逃票的代价

采 青

　　12年前，有一个小伙子高中刚毕业就去了法国，开始了半工半读的留学生活。

　　渐渐地，他发现当地的车站几乎都是开放式的，不设检票口，也没有检票员，甚至连随机性的抽查都非常少。凭着自己的聪明劲儿，他精确地估算了这样一个概率——逃票而被查到的比例大约仅为万分之三。他为自己的这个发现而沾沾自喜，从此之后，他便经常逃票上车。他还为此行为找到了一个宽慰自己的理由：自己还是个穷学生嘛，能省一点儿是一点儿。

　　4年过去了，名牌大学的金字招牌和优秀的学业成绩让他充满自信，他开始频频地进入巴黎一些跨国公司的大门，踌躇满志地推销自己。然而，结局却是他始料不及的：这些公司起初都对他热情有加，然而数日之后，却又都婉言相拒。真是莫名其妙。

　　最后，他写了一封措辞恳切的电子邮件，发送给了其中一家公司的人力资源部经理，烦请他告知不予录用的理由。当天晚上，他就收到了对方的回复：

先生：

　　我们十分赏识您的才华，但我们调阅了您的信用记录后，非常遗憾地发现，您有两次乘车逃票受罚的记载。我们认为此事至少证明了两点：一是，您不遵守规则；二是，您不值得信任。鉴于以上原因，敝公司不敢冒昧地录用您，请见谅。

　　直到此时，他才如梦方醒，懊悔难当。

心灵 寄语

　　诚信将会伴随你的一生，做任何事情都不要失信于人，不要给自己留下小小的错误而遗憾终身。

窃贼的下场

向 晴

　　严冬的一个傍晚，佛蒙特乡间的一间杂货店的店主正忙着闭店。他站在橱窗外的雪地里上着窗板，透过玻璃窗他看见游手好闲的塞思还在店内转悠着。只见他匆忙地从货架上抓起一磅鲜奶油，迅速地藏在礼帽里，见此情景，店主马上闪出个念头：应该好好教训他一顿。他不仅想惩罚这个窃贼，同时也想戏弄他一下开开心。

　　"我说塞思。"店主走进来，把门关上，一边用双手拍打着肩膀，一边跺着脚上的雪。塞思扶着门，因为头上顶着的帽子下面藏着那块奶油，所以他急着尽快走出去。

　　"我说塞思，坐一会儿吧，"店主和蔼地说，"我看，这么冷的夜晚，该喝点儿什么热乎的东西暖暖身子。"

　　塞思感到进退两难。一方面他偷了奶油想急于走开，另一方面他还真想喝点儿什么热乎的东西。当店主抓着塞思双肩把他按到火炉旁边的一个座位上时，他也就不再踌躇了。塞思坐在角落里，他身边堆放着箱子和木桶。如果店主坐在他的对面，那么他想走也走不出去了。果然，店主偏偏就选中那个位置落了座。

"塞思，咱们喝点儿热乎的吧，"店主说，"不然这么冷的天没等你到家就会被冻僵的。"他一边说着，一边打开炉门，向里面塞劈柴，直到塞不进去时才停下来。

塞思感觉奶油开始顺着他的头发往下淌了，这时，他已经没有心思再喝什么热乎的东西了，站起来坚决要走。

"不喝点儿热东西是绝不能让你走的，塞思。来，我给你讲个故事。"说着，塞思被一直跟他过不去的店主按回了原来的座位上。

"嗨，这里太热。"塞思再次起身要走。

"坐下，坐下，急什么。"店主又把他按回到椅子上。

"我要回去喂牛、劈柴呀，不走怎么成呢？"窃贼心急如焚地说。

"何必非走不可呢？塞思，坐下来！管它牛不牛的，反正死不了。我看你好像有什么心事似的。"店主佯装不知地笑着问道。

塞思无可奈何地坐在那里。他知道，下一步该是店主拿出两只玻璃杯，倒上热气腾腾的饮料了，要不是头发上打过发蜡和被奶油粘住的话，头发肯定会竖起来的。

"塞思，我给你拿块烤面包来，你自己涂奶油吃吧。"店主用诚恳的语调说，试图使可怜的塞思不敢相信店主怀疑他偷了东西。"再吃点儿圣诞鹅肉，怎么样？跟你说，这可是少有的佳肴。塞思，这可不是用猪油或普通的奶油烤出来的，来，塞思，尝尝奶油——我的意思是尝尝饮料。"

可怜的塞思吸着烟，头顶上的奶油不停地溶化而往下淌着，他几乎张不开嘴了，也无法说话了，好像生来就是个哑巴似的。礼帽里的奶油一股股地从头上淌下来，湿透了紧紧缠在脖子上的手帕。

成心捉弄人的店主随便谈笑着，好像什么事也没发生似的。他还不住地往炉里塞劈柴。塞思背靠柜台直挺挺地坐着，膝盖几乎要碰到烧得通红的火炉了。

"今晚可真够冷的。"店主漫不经心地说。过了一会儿，他好像感到惊讶地说，"哎呀，塞思，你怎么出这么多的汗，就好像刚从游泳池里爬上来似的！你干吗不把帽子摘下来？噢，我替你摘下来。"

"不必了！"可怜的塞思不是滋味地说，他一分钟也不能忍受了，"不行，我得马上走；请让我出去，我不舒服。"

奶油那黏黏的液体顺着他的面颊、脖子往下淌着，浸湿了他的衣服，一直淌到他的两只靴子里。他像从头到脚洗了个奶油澡似的。

"那好吧，塞思，若你非要走我就不留你了，晚安。"这位幽默的佛蒙特人说，当那位不幸的受奚落者匆匆走出门的时候，他又加了一句："我说塞思，我认为我把你戏弄得够难受的了，所以，我就不再向你讨要藏在礼帽里的那磅奶油钱了。"

心灵 寄语

偷窃的人往往心怀不轨，请不要做一个像塞思那样的偷窃者，搬起石头砸了自己的脚。

医治小狗的药丸

慕 茵

当卡尔7岁的时候，有一天在放学回家途中，他发现了一只迷路的杂种狗，那是只被丢弃的杂种狗。可是对一个小男孩儿而言，它是只非常可爱的杂种狗。于是卡尔把它带回家，并给它取名"切斯特"，从此他们片刻不离。卡尔只是在去上学的时候没跟它在一起。但有一次，他甚至偷偷地把它带到了教室。后来老师通知了卡尔的父母，他回家后便被打了一顿，并且答应从此不再带切斯特去学校。

有一天，卡尔发现切斯特的右眼下方有个小伤口，之后陆续有其他的伤口出现在它的毛发下面和耳朵四周。他知道自己的父亲绝不会在一只流浪狗身上花任何钱，所以他用自己的方法给小狗治疗，每天用肥皂清洗它的伤口，然而情形却越来越糟。等到最后他不得已求助父亲时，想必他沮丧和绝望的神情一定十分明显。父亲并未责骂他。父亲看看他，再看看狗，甚至没问他什么，便叫他带着狗一起到车上去了。

他们开车来到镇上的兽医诊所。医生看了一眼伤口，便立刻了解了狗的病情。他走到他的药柜前，取出一整盒药丸——那是可以医治小狗的药丸。他似乎并不觉得特别严重，只吩咐卡尔在3个星期里，每天早晚让狗各服一粒药丸；接下来的3个星期，每天早晨让狗服用一粒。医生还告诉卡尔，如果情况不见好转，6个星期后再带狗来复诊。

卡尔高兴极了，他的狗会好起来的。当天晚上，他给它吃了第一颗药丸，然后第二天早上上学之前，又给它吃了第二颗。由于那天卡尔急着去上学，便把盛药的盒子放在了书桌上，而忘了把它放在抽屉内。它们一定是味道很好的药丸，至少对狗来说是如此。因为那天白天不知什么时候，切斯特跳到书桌上，把药包咬开，将所有药丸都吃进去了。

卡尔从学校回到家后，发现它卧倒在卧室地板上沉睡着，从此再没有醒来。那些原本可令它逐渐好转的药丸，就在片刻之内全部被它吃完，最终夺走了它的生命。

心灵 寄语

幸福对于每个人都是梦寐以求的，所有人都渴望得到更多的幸福，但过多的幸福堆积起来就可能成为害你的毒药。所以我们不要贪婪，慢慢享受自己的一生。

敬　启

　　本书的编选参阅了一些期刊报纸和著作的文字以及图片，由于多种原因我们未能与部分入选文章和图片的作者（或译者）联系。敬请原作者（或译者）见到本书后，及时与我们联系，我们将按国家有关规定支付稿酬并赠送样书。

编 委 会

　　邮箱：chengchengtushu@sina.com